Kontaktadresse nach EU-Produktsicherheitsverordnung:
produktsicherheit@fischerverlage.de

Im Frühjahr 1960 wird der Großvater des Erzählers am Moskauer Flughafen verhaftet und bald darauf zum Tode verurteilt. Der Vorwurf: Devisenschmuggel. Aber nur jemand aus der eigenen Familie kann den Schwarzhändler und gütigen Patriarchen Schmil Grigorewitsch verraten haben. War es einer seiner schönen, talentierten Söhne? Die ehrgeizige, traurige Schwiegertochter? Oder war am Ende er selbst schuld? Die Frage, wer es gewesen sein könnte, wird zum Gerücht und Geheimnis, das von Generation zu Generation weiterlebt – in Maxim Billers eigener Familie. Sein Roman »Sechs Koffer« erzählt davon – literarisch virtuos, spannend wie ein Krimi und mit der Intensität eines psychologischen Familiendramas.

Maxim Biller, geboren 1960 in Prag, lebt seit 1970 in Deutschland. Er ist Autor der Romane »Esra« und »Die Tochter«, der Erzählbände »Liebe heute«, »Bernsteintage«, »Land der Väter und Verräter« und »Wenn ich einmal reich und tot bin«, der Essaybände »Die Tempojahre« und »Deutschbuch« sowie des autobiographischen Bands »Der gebrauchte Jude«; darüber hinaus schreibt er Theaterstücke (»Kanalratten«) und Kolumnen. Zuletzt erschienen seine Novelle »Im Kopf von Bruno Schulz«, sein monumentaler Roman »Biografie«, der Roman »Sechs Koffer«, der auf der Shortlist für den Deutschen Buchpreis stand, und »Sieben Versuche zu lieben. Familiengeschichten«.

Weitere Informationen finden Sie auf www.fischerverlage.de

Maxim Biller

Sechs Koffer

Roman

FISCHER Taschenbuch

Aus Verantwortung für die Umwelt hat sich der S. Fischer Verlag zu einer nachhaltigen Buchproduktion verpflichtet. Der bewusste Umgang mit unseren Ressourcen, der Schutz unseres Klimas und der Natur gehören zu unseren obersten Unternehmenszielen.

Gemeinsam mit unseren Partnern und Lieferanten setzen wir uns für eine klimaneutrale Buchproduktion ein, die den Erwerb von Klimazertifikaten zur Kompensation des CO_2-Ausstoßes einschließt.

Weitere Informationen finden Sie unter: www.klimaneutralerverlag.de

Printed in Germany
ISBN 978-3-596-70016-5

»Der Pass ist der edelste Teil von einem Menschen.«

Bertolt Brecht

1.
Vor der Flucht

An einem heißen, viel zu heißen Tag im Mai 1965 stand mein Vater noch früher auf als sonst. Er hatte bis nachts um vier gearbeitet – *Schwejk*, jetzt schon der letzte Teil, der ihm nicht mehr so gut gefiel wie die ersten drei –, dann hatte er zwei Acylpyrin genommen und sich mit schrecklichen Kopfschmerzen auf die schöne neue West-Couch im Arbeitszimmer gelegt, um uns drei im anderen Zimmer nicht zu wecken. Als er zwei Stunden später aufwachte, dachte er, er hätte nur für ein paar Sekunden die Augen zugemacht. Das Licht draußen war anders als sonst, gelb, fast orange. Es hatte für ein paar Minuten kurz und heftig geregnet, aber der Himmel wurde trotzdem nicht dunkel, und hinterher leuchtete die sonderbare Morgensonne fast rot ins Zimmer hinein und überzog den Schreibtisch und die Schreibmaschine, die Manuskriptblätter und die beiden aufgeschlagenen Bände seines tschechisch-russischen Wörterbuchs mit einem zarten, blutigen Schimmer.

Während mein Vater überlegte, ob er noch schnell den Rest des Kapitels zu Ende übersetzen sollte, bevor meine Mutter, meine Schwester und ich aufstehen würden, fuhr er mit den Fingerspitzen zufrieden über den rauen und leicht kratzenden dänischen Stoff, mit dem die teure, neue Couch bezogen war. Er und meine Mutter liebten diese Couch. Sie hatten sie bei Tuzex in der Ondříčkova von dem Vorschuss bezahlt, den er vom Verlag für die *Schwejk*-Übersetzung bekommen hatte, und mit dem Rest des Geldes hatte er für Onkel Dima in der Kleiderabteilung zwei Anzüge, Hemden, einen Trenchcoat, ein paar hellbraune Budapester-Schuhe und einen kleinen, schwarz-weiß karierten Fedora-Hut gekauft. Meine Mutter war dagegen gewesen, aber sie hatte wie so oft auf ihre vornehme, arrogante Art geschwiegen. Darum hatte mein Vater schließlich leise zu ihr gesagt: »Fünf Jahre Pankrác, Rada, verstehst du, was das heißt? Er wird sich über die neuen Sachen freuen …« Und dann hatte er plötzlich gebrüllt: »Ja, Scheiße, natürlich soll er sich über sie freuen! Die Mode ändert sich, überall, sogar in unserem beschissenen kommunistischen Land!« Aber sie hatte immer noch nichts gesagt, und er wusste genau, was sie dachte – dass Onkel Dima selbst daran schuld war, wenn er ins Gefängnis musste, und dass fünf Jahre nicht genug waren für das, was er vielleicht wirklich getan hatte.

Erst als mein Vater – von seinem kurzen Schlaf noch völlig benommen – sich wieder an den Schreibtisch setzte, merkte er, dass die Kopfschmerzen nicht weg waren. Er tippte einen Satz, dann noch einen, dann zog er das Blatt aus der Schreibmaschine, warf es in den Papierkorb und spannte langsam ein neues ein. Er kriegte fast immer Kopfschmerzen, wenn er zu viel arbeitete, aber diesmal hatten sie bestimmt auch mit dem armenischen Cognac zu tun, den er gestern Abend mit Natalia Gelernter im Café Slavia getrunken hatte. Er trank eigentlich nie, doch sie hatte ihn überredet, und jedes Mal, wenn sie anstießen, hatte Natalia nicht »Zum Wohl!« oder »Le chajim!« ausgerufen, sondern: »Auf den dummen, lieben Dima, dem wir beide alles verzeihen!« Dabei füllten sich ihre großen schwarzen Augen mit einem kalten, grauen Gift – so kamen meinem Vater jedenfalls ihre schnellen Tränen vor, aber vielleicht täuschte er sich auch.

Als er dann um Mitternacht nach Hause gekommen war, hatten wir alle zum Glück schon geschlafen, und er konnte gleich wieder im Arbeitszimmer verschwinden. Meine Schwester und ich lagen in unserem Bett Kopf an Fuß, Fuß an Kopf wie Dame und Bube auf einer Spielkarte, und wir atmeten noch leiser als meine Mutter, die schräg auf der für die Nacht ausgeklappten Wohnzimmercouch mit offenen Augen lag, aber auch fest schlief.

Die roten Morgenstrahlen krochen jetzt immer schneller über den Schreibtisch und das kaputte, unebene Vorkriegsparkett, und nachdem mein Vater ihnen eine Weile hinterhergeschaut hatte, versuchte er wieder ein paar Sätze zu schreiben, aber er kam wieder nicht weiter. Wie sagte man auf Russisch »fauliger Geruch« – aber so, dass es komisch klang? Der »faulige Geruch«, über den sich Schwejk lustig machte, stammte von einem Massengrab, in dem ein paar Dutzend gefallene österreichische Soldaten lagen, und weil die anderen Soldaten, die überlebt hatten, keine Kraft hatten, das große Erdloch anständig mit Erde zuzuschütten, guckten sogar ein paar Arme und Beine heraus. Wie konnte man über so etwas lachen? Oder sollte man es gerade tun? So grausam konnten nur diese verdammten Tschechen sein. Sollte vielleicht Dima über seine fünf Jahre in Pankrác lachen? Sollten sie beide über den Tod ihres armen Vaters lachen, ihres geliebten, strengen und meistens viel zu großzügigen Taten?

»Papa, bringst du mich heute in die Schule? Oder Jelena? Ich will nicht, dass sie mich bringt. Ich muss immer ihre Hand nehmen. Als wäre ich noch ganz klein.«

Er drehte sich um, und hinter ihm, in der nur einen Spalt weit geöffneten Tür, stand ich in meinem neuen, noch viel zu großen, blau gestreiften Pyjama, den mir Onkel Wladimir aus Brasilien geschickt hatte. Ich sah für meine sechs Jahre oft viel zu erwachsen aus, so wie jetzt auch. Ich hatte dieses ernste, dunkle, fast orientalische Gesicht, das sie alle in der Familie hatten – sein Vater, den sie immer auf Jiddisch Tate genannt hatten, aber auch er selbst und seine drei Brüder Dima, Wladimir und Lev. Die Kinder im Riegerpark und auf der Straße sagten oft zu mir, ich sei ein Zigeunerkind, und das erzählte ich immer sehr ernst zu Hause weiter, und angeblich machte es mir nichts aus, aber keiner glaubte mir.

»Ich weiß nicht, ob ich es heute schaffe, dich in die Vlkova zu fahren«, sagte mein Vater. »Ich muss noch ein ganzes Kapitel zu Ende übersetzen, und dann muss ich zum Verlag und alles abgeben. Und später muss ich noch Onkel Dima abholen.«

»Jelena sagt, Onkel Dima hat den Taten umgebracht«, sagte ich. »Stimmt das?«

Er schwieg. Dann sagte er: »Natürlich nicht. Hat sie das wirklich gesagt?«

»Nein«, sagte ich. »Das habe ich erfunden.«

»Warum hast du das erfunden?«

»Weil ich das glaube.«

»Und wieso glaubst du das?«

»Weil Onkel Dima im Gefängnis sitzt. Und weil ich sonst kein Kind kenne, dessen Onkel im Gefängnis sitzt. Und weil man doch immer nur ins Gefängnis kommt, wenn man jemanden tot gemacht hat. Oder nicht?«

Mein Vater schwieg und dachte darüber nach, was ich gerade gesagt hatte. Was, fragte er sich, soll aus diesem Kind werden, wenn es erwachsen ist? Warum stellt sich der Junge die Welt immer so dunkel und hässlich vor?

»Holst du Onkel Dima im Gefängnis ab?«, sagte ich. »Was macht ihr zusammen? Müsst ihr arbeiten? Oder geht ihr in der Stromovka spazieren? Papa …«

»Ja?«

»Können wir ihn dann auch sehen – oder muss er wieder ins Gefängnis zurück?«

»Weißt du was, du kleiner Chochem? Wenn du mich jetzt noch ein bisschen arbeiten lässt, schaffe ich es vielleicht, dich in die Schule zu fahren. In Ordnung?«

»Hast du schon mal jemanden umgebracht, Papa? Onkel Lev und Onkel Wladimir haben bestimmt jemanden umgebracht, sie waren doch in der Roten Armee.«

»So, genug, es reicht«, sagte mein Vater. »Geh sofort wieder ins Bett zurück. Ich will in den nächsten zwei Stunden nichts mehr von dir hören.« Er beugte sich müde über das Manuskript und begann noch einmal über die Sache mit dem »fauligen Geruch« nachzudenken, und als er sich kurz wieder umdrehte und ich immer noch hinter ihm in der Tür stand, schrie er plötzlich wie von Sinnen: »Raus! Raus!«, und ich verschwand endlich.

Dima hatte über Čedok einen Urlaub in Albanien gebucht, aber er wollte bei der Zwischenlandung in Belgrad die Reisegruppe heimlich verlassen und, statt nach Tirana, illegal nach Westberlin weiterfliegen, wo ihr gemeinsamer Bruder Lev seit Jahren lebte. Das wusste aber leider nicht nur Dima, das wusste von ihm selbst halb Prag, weil er schon Monate vorher anfing, seinen Freunden und Bekannten alles zu verkaufen, was er nicht mitnehmen konnte: seine russische Bibliothek, die ihm der Tate – genauso wie meinem Vater – jahrelang Buch für Buch mit der Post aus

Moskau geschickt hatte, Möbel, Teppiche und sogar die Apparate aus seinem kleinen, privaten chemischen Labor, in dem er noch einmal die Erfindungen aus dem Metallurgischen Institut testete, die er später mit Levs Hilfe im Westen verkaufen wollte. Irgendwann wussten dann auch die Leute vom Innenministerium über Dimas Pläne Bescheid, und die Einzigen, die wahrscheinlich keine Ahnung gehabt hatten, waren mein Vater und Natalia Gelernter, seine eigene Frau. Natalia war deshalb natürlich sehr böse auf ihn. Als sie und mein Vater Dima nach seiner Verhaftung am Flughafen von Ruzyně das erste Mal im Gefängnis besuchen durften, sagte sie, ohne ihn zu begrüßen oder zu umarmen, leise: »Wolltest du wirklich ohne mich gehen, Dima? Ich dachte, wir wären eine Familie.« Und während er sich noch mit diesem traurigen, leicht beschränkten Dima-Gesichtsausdruck eine Antwort zurechtlegte, sagte sie laut: »Du Idiot hast neulich in Bratislava nicht aufgepasst, wir werden bald zu dritt sein.« Dann gab sie ihm eine Ohrfeige, und die beiden kleinen, blonden Aufseher, zwischen denen er stand, lachten gelangweilt und führten Dima gleich wieder ab.

Draußen fing es plötzlich wieder an zu regnen. Es wurde innerhalb weniger Augenblicke dunkel, das verrückte rote Licht verschwand aus dem Zimmer und aus den Winkeln der riesigen, alten Kastenfenster, und die Fassaden der gegenüberliegenden Häuser in der Laubova färbten sich jäh grau, fast schwarz. Mein

Vater merkte erst jetzt, dass die Schreibtischlampe seit heute Nacht immer noch brannte, und er machte sie aus. Dann saß er da, reglos und nach vorn gebeugt wie der Jan Hus vom Altstädter Ring, in diesem erstaunlich warmen, silbrigen Morgenzwielicht, und dachte über seinen dummen, älteren Bruder nach.

War er auch böse auf ihn? Manchmal ja – aber meistens nicht. Als er noch selbst mit Natalia zusammen war, in Leningrad, wo sie gemeinsam an der Schdanow-Universität studiert hatten, da wollten sie beide auch in den Westen fliehen, aber sie hatten natürlich nie zu jemand anderem ein Wort darüber gesagt. Später in Prag wollten sie es immer noch, aber dort hatten sie sich schon bald getrennt. Und als dann Natalia Dima geheiratet hatte, standen mein Vater und sie kurz allein nebeneinander auf der Treppe vor dem großen, alten Standesamt in Smíchov, sie rauchten und schwiegen, und irgendwann sagte mein Vater zu ihr: »Vielleicht schaffst du es ja mit ihm.« Sie sagte: »Ja, vielleicht. Du darfst ihm aber nie sagen, was wir vorhatten. Das wäre traurig für ihn.« Und mein Vater sagte: »Du aber auch nicht.« Danach hatten sie nie wieder miteinander über ihren großen West-Traum geredet.

»Arbeitest du immer noch? Oder arbeitest du schon wieder?«

Jetzt war es meine Mutter, die hinter meinem Vater in der Tür seines Arbeitszimmers stand. Sie war bereits angezogen – kurzes rotes Kleid, grüner Plastikgürtel mit einer riesigen Schnalle, die schwarzen Haare nach oben toupiert wie die Schauspielerinnen aus der Viola Bar –, und er wusste sofort, dass sie auch Kopfschmerzen hatte. Immer wenn sie Kopfschmerzen hatte, sah sie besonders gut aus, ihre wie von Fremund gezeichneten, geschwungenen Gesichtszüge entspannten sich noch mehr, und der Blick ihrer sonst immer so ernsten, dunkelblauen Augen klarte auf.

»Warum machst du die Lampe nicht an? Reichen dir sieben Dioptrien nicht?«, sagte sie.

»Wie würdest du auf Russisch ›fauliger Geruch‹ sagen?«, sagte mein Vater. »Aber so, dass man lachen muss.«

»Ich weiß es nicht«, sagte sie, »ich bin noch müde. Ich habe Jelena ihre Zöpfe geflochten, aber sie schläft noch. Das Frühstück steht auf dem Tisch, und die Kleider für die beiden habe ich auch rausgelegt. Ich muss heute schon um halb acht im Institut sein. Kommt ihr mit Dima zuerst zu uns?«

Mein Vater nickte.

Sie machte die Tür von draußen leise und vorsichtig zu, dann machte sie sie aber wieder auf und sagte: »Du weißt, wie du bist. Also hör auf, darüber nachzudenken, sonst bist du noch in drei Tagen mit der Stelle beschäftigt. Vielleicht habe ich heute Abend eine Idee. Oder ist es dann zu spät?« Die Tür ging zu, ging wieder auf, und meine Mutter sagte: »Oder frag nachher deinen lächerlichen Bruder. Ihr habt doch früher zusammen übersetzt.« Mein Vater schwieg. »Du musst keine Angst haben. Ich werde nett zu ihm sein.« Er schwieg immer noch. »War es gestern Abend schön mit Natalia?«, sagte sie überraschend böse und kalt und schloss endgültig die Tür hinter sich.

Wahrscheinlich, dachte mein Vater, während er wie ein trotziges Kind ein paar Mal die Schreibtischlampe an- und wieder ausmachte, haben sie Dima in Pankrác etwas unterschreiben lassen. Nein, ganz bestimmt sogar, und bestimmt hatte er ihnen alles erzählt, was sie wissen wollten. Die Frage war nur, ob sie schon vorher von den Geschäften des Taten gewusst hatten, und wenn ja, von wem. Es konnte ihn schließlich jeder verraten haben, dem der Tate alte amerikanische Nähmaschinen oder französisches Parfum besorgt hatte, jeder, der ihm noch Geld schuldete oder der einfach nur wütend war auf diesen freundlichen, stillen Juden aus Ruthenien, weil der es schaffte, für seine Familie besser zu sorgen als die meisten Russen. Nein, als der Tate in Moskau verhaftet wurde, war Dima selbst noch frei und mit seinen unmöglichen Fluchtplänen beschäftigt, und darum konnte er es gar nicht gewesen sein! Aber dass meine Mutter das dachte – obwohl sie es natürlich nie aussprach –, machte meinen Vater trotzdem sehr wütend. Noch wütender machte ihn, dass Dima und er und wir in einer Welt leben mussten, in der jemand wegen ein paar schwarz verdienter Dollars gehängt wurde.

»Papa, ich will fünf Löffel Zucker in den Tee, aber Jelena sagt, ich darf nur drei.«

»Fünf Löffel Zucker? Da kann er ja gleich Bonbons zum Frühstück essen!«

»Warum nicht? Warum eigentlich nicht?«

»Weil dir dann schon mit zehn Jahren wie einem alten Mann die Zähne ausfallen würden.«

»So wie dir gestern die beiden Schneidezähne auf einmal?«

»Das ist etwas anderes, du kleiner Idiot!«

Wir standen nebeneinander in der Tür, meine Schwester und ich, wir hatten uns selbst angezogen und sahen so niedlich und hübsch aus wie die tschechischen Filmkinder aus den Barrandov-Studios. Meine Mutter hatte letztes Jahr sogar überlegt, ob sie uns nicht zu den Probeaufnahmen von *Ferne Welten, ferne Länder* schicken sollte, aber dann hatte mein Vater zu ihr gesagt, nein, auf keinen Fall, er wolle keine eingebildeten Kinder, die schlecht in der Schule sind, und das war es gewesen. Insgeheim waren sie aber beide sicher, dass wir sofort die beiden Hauptrollen bekommen hätten, wenn wir es nur gewollt hätten.

»Wisst ihr eigentlich, wie sehr ihr mir manchmal auf die Nerven geht?«, sagte mein Vater ernst, fast so, als wolle er uns nicht ausschimpfen, sondern uns nur etwas sehr Wichtiges erklären. »Wisst ihr, wie schwer es ist, in diesem Haus zu arbeiten und Geld für euch alle zu verdienen?«

Wir machten beide erschrocken einen Schritt zurück, denn wir rechneten damit, dass er gleich wieder losschreien würde. Aber er blieb ruhig und sagte: »Jelena, du bringst heute deinen Bruder in die Vlkova! Ich kann nicht, ich muss noch arbeiten. Und wenn er verdammt noch mal deine Hand nicht halten will, dann soll er es eben nicht. Lass ihn. Es ist seine Sache, ob er unter einem Auto landet oder nicht!«

»Ja, Papa«, sagte Jelena grinsend.

»Ja, Papa«, sagte ich traurig.

»Wir sehen uns heute Nachmittag«, sagte mein Vater. »Onkel Dima kommt heute von seiner großen Reise zurück.«

Jetzt grinsten wir beide, dann knallten wir die Tür des Arbeitszimmers viel zu laut zu und rannten laut lachend in die Küche.

Als Dima im Sommer 1960 am Flughafen in Ruzyně verhaftet wurde, fanden die StB-Leute sieben Hundert-Dollar-Scheine bei ihm, die er in zwei leeren Orwo-Filmdosen versteckt hatte. Das wusste mein Vater von Natalia, und die wusste es von Dima, den sie in den letzten fünf Jahren fast jede Woche besucht hatte, so oft wie niemand sonst. Jedenfalls hatte mein Vater immer gedacht, dass Dima ihr die Geschichte mit den Dollars bei einer ihrer vielen kurzen, traurigen Begegnungen in dem grell erleuchteten, immer zu kalten Besucherraum in Pankrác erzählt haben musste. Dann legte sie aber gestern Abend im Café Slavia nach dem vierten oder fünften Cognac die Hand auf seine Hand und sagte: »Die verdammten Dollars eures Vaters! Ich hab nie verstanden, warum er sie jahrelang aus Moskau nach Prag zu euch rausschmuggeln durfte, warum der StB nie etwas dagegen gemacht hat. Ohne seine Dollars hätten sie Dima vielleicht gar nicht einsperren können.« Mein Vater nahm die Flasche, schenkte ihr und sich noch mal ein und sagte: »Woher weißt du, Natalia, dass der StB jahrelang davon wusste?« Sie sah ihn erschrocken an – sehr erschrocken – und sagte unsicher: »Die wissen doch alles, oder nicht?«

Mein Vater machte wieder ein paar Mal ganz schnell und nervös die Schreibtischlampe an und aus, bis es plötzlich einen lauten, scharfen Knall gab und die Glühbirne durchbrannte. »Scheiße«, sagte er leise. »Ach, Scheiße ...« Er überlegte kurz, ob er aufstehen und in der Küche eine neue Glühbirne holen sollte, aber dann hätte er uns noch mal gesehen, und das wollte er nicht, denn er wusste genau, dass er uns sofort wegen irgendeiner Kleinigkeit angebrüllt hätte, so wie er uns oder unsere Mutter immer anbrüllen musste, wenn er an den Tod seines Vaters dachte.

Warum war er nicht schon gestern darauf gekommen? Und warum hatte er nicht Natalia ihren Cognac ins Gesicht gekippt, als sie ihn so unverschämt und schlecht angelogen hatte? Wieso hatte er sie stattdessen zum Abschied auch noch wie früher geküsst? Wirklich, Natalia, wissen »die« alles? Oder wissen sie es nur, weil es ihnen einer von uns erzählt hat? Ja, natürlich, sie war es gewesen, die den StB-Leuten seit Jahren alles über die verbotenen Geschäfte des Taten erzählte, nicht Dima, und bestimmt traf sie sich regelmäßig mit einem von ihnen in der Bartolomějská oder in einer von ihren vielen Geheimwohnungen! Denn wie sonst hätte sie, obwohl sie nicht einmal in der Partei war, so schnell Dozentin an der FAMU und stellvertretende Vorsitzende des Filmverbandes werden können? Ach, Natalia, dachte mein Vater, während er sich wieder völlig erschöpft auf das schöne, neue Sofa legte und mit Wladimirs alter russischer Militärdecke zudeckte, dich hasst also Rada dafür, dass du ständig so laut auf die Kommunisten schimpfst? Ausgerechnet dich? Oder hat sie bloß schon immer gespürt, dass du eine Lügnerin bist? Und ich dachte, es ist ihre ewige Eifersucht.

Seine Augen fielen plötzlich wie von selbst zu, und als er merkte, dass er bald wieder einschlafen würde, öffnete er sie schnell und sah sich in seinem geliebten Arbeitszimmer um. Es lag wegen des Regens und der vielen Wolken draußen immer noch halb im Dunkeln, aber er konnte trotzdem alles genau erkennen. Hier, zwischen den unzähligen Wörterbüchern, Manuskriptstapeln, den beiden großen Frauenporträts von Fremund und seiner kleinen Menorasammlung auf dem alten dunkelgrünen Kachelofen, verbrachte er immer mindestens zwölf, vierzehn Stunden am Tag – also den größten und wahrscheinlich auch interessantesten Teil seines Lebens. Wer hätte gedacht, dass er jemals so ein schönes, großes Arbeitszimmer im besten Viertel der wunderbarsten Stadt Europas haben würde? Wieso war ihm das nie vorher klar geworden? Und warum machte es ihn trotzdem nicht besonders glücklich?

Als nach dem Krieg Lev und Wladimir aus Moskau nach Prag gingen – alle vier Brüder wuchsen in einem einzigen Zimmer in einer riesigen Komunalka am Puschkin-Platz auf –, waren Dima und er, ihre beiden jüngeren Brüder, sehr neidisch auf sie. Zwei Jahre später durften sie endlich nachkommen, aber kaum waren sie da, zogen Lev und Wladimir weiter in Richtung Westen, der eine nach Westberlin, der andere bis nach Brasilien. Mein Vater selbst war in dieser Zeit bereits wieder in Russland, in Leningrad, mit Natalia, und studierte Geschichte. Aber dann wurde er aus der Partei rausgeworfen und musste in die Tschechoslowakei zurück, und jetzt also lebte und arbeitete er hier, in diesem Zimmer, in dieser Stadt, seit fast zwanzig Jahren. Nein, er war nicht Historiker geworden, obwohl er das schon als altkluger, humorloser Zehnjähriger in Russland sein wollte. Er wurde Übersetzer und Dolmetscher, und das war eigentlich noch viel besser, denn so verdiente er sehr viel mehr Geld und konnte die wichtigsten Schriftsteller und Regisseure des Landes kennenlernen. Und trotzdem fragte er sich fast jeden Tag, wann Dima und er den beiden älteren Brüdern weiter nach Westen folgen würden und ob das überhaupt klug wäre. Der arme Dima hatte es allein versucht, ohne ihn, auf seine kindische, hilflose Art, und wahrscheinlich musste er ihm nächstes Mal helfen, damit es wirklich klappte.

Verflucht, wie sagte man auf Russisch »fauliger Gestank« – aber so, dass es witzig klang? Und warum fiel ihm noch immer nichts Gutes ein? Meine Mutter hatte recht: Er musste endlich aufhören, sich darüber den Kopf zu zerbrechen, sonst würde er gar nicht mehr weiterkommen, und er sollte vielleicht wirklich nachher Dima fragen. Sie hatten schließlich am Anfang ihrer Prager Zeit immer sehr viel zusammen gearbeitet – Maschinenbaupläne, Chemietabellen, militärische Berichte –, und Dima war gar nicht so schlecht gewesen. Aber irgendwann ging er zum Metallurgischen Institut, und dann wurde er eingesperrt. Ja, gut, in Ordnung, er würde ihn fragen, dachte mein Vater, während er sich das harte Sofakissen so zurechtlegte, damit es ihn nicht mehr im Nacken drückte. Er machte die Augen zu und zwang sich, ruhig und langsam zu atmen, und kaum war ihm das halbwegs gelungen, merkte er wieder die Migräne. Der Schmerz lähmte jetzt seine ganze rechte Kopfhälfte – natürlich, er war ja Linkshänder –, ihm war übel, und die Beine und Arme fühlten sich so an, als würden sie langsam verbrennen.

Er versuchte, die Augen zu öffnen, aber er schaffte es nur ganz kurz, für wenige Sekunden. Er machte sie noch mal auf, doch sie klappten gleich wieder zu, und bevor er endgültig einschlief, dachte mein müder, trauriger Vater: Komisch, eben war es noch so dunkel in meinem tollen Arbeitszimmer, und jetzt versinkt hier alles in einer Fontäne aus hellem, grellrot schimmerndem Blut.

Meine Eltern sprachen schon immer Russisch miteinander – und mit meiner Schwester und mir auch.

Tschechisch konnten sie natürlich auch, aber nicht so gut wie Jelena und ich, und wir schämten uns oft für ihren russischen Akzent. Wir beide durften zwar miteinander Tschechisch reden, aber nie mit ihnen, und wenn wir ein russisches Wort nicht wussten, mussten wir sie danach fragen oder das, was wir sagen wollten, auf Russisch umschreiben. Darum konnten wir immer ganz gut Russisch – Jelena spricht es bis heute perfekt –, und wahrscheinlich lernten wir darum auch nach unserer Flucht aus der Tschechoslowakei nach Deutschland im Sommer 1970 so schnell Deutsch.

Als wir an dem heißen, viel zu heißen Maitag 1965, an dem es immer wieder kurz und heftig regnete, von der Schule nach Hause kamen, sangen Jelena und ich sehr laut und sehr schön ein berühmtes tschechisches Lagerfeuer-Lied. Es ging um Apachen und Manitu und ihren Kampf gegen die Weißen, und natürlich starben sie am Ende alle, aber sie starben als Helden und stolze Indianer. Jelena hatte das Lied im Sommer davor im Zeltlager in Česká Lípa gelernt, und sie hatte es mir beigebracht. Wir können beide das Lied bis heute, und manchmal, wenn wir telefonieren – sie ist in London, ich bin in Berlin –, singen wir zusammen die ersten ein, zwei Strophen und lachen, und ich muss dann immer an diesen Nachmittag denken, an dem Dima nach Hause kam.

Kaum hatte Jelena mit ihrem Schlüssel die Wohnungstür aufgeschlossen, hörten wir auch schon die Stimmen der Erwachsenen aus dem Wohnzimmer.

Wir verstummten sofort. Erst hörten wir meinen Vater, der erstaunlich freundlich und gut gelaunt etwas auf Russisch erzählte. Dann hörten wir eine andere männliche Stimme, die fast genauso wie die unseres Vaters klang, aber ein bisschen höher und unsicherer war. Dann sagte wieder mein Vater etwas, dann redete – auch auf Russisch – Tante Natalia, dann wieder mein Vater. Und plötzlich lachten alle, und am längsten und lautesten war das Lachen meiner Mutter zu hören.

Meine Schwester und ich schauten uns ernst und viel zu erwachsen an. Wir verzogen beide erstaunt das Gesicht und legten langsam unsere Schultaschen auf den Boden, direkt unter die Garderobe, wo ein heller Trenchcoat und ein kleiner karierter Hut hingen, die wir noch nie vorher gesehen hatten. Und bevor wir dann endlich ins Wohnzimmer liefen, sagte ich auf Tschechisch leise zu ihr: »Ich glaube, Jelenka, Onkel Dima hat doch den Taten umgebracht. Glaubst du das auch?«

2.

Prager Depressionen

Am Abend, bevor Onkel Dima nach fast fünf Jahren aus dem Gefängnis entlassen wurde, ging mein Vater mit Natalia Gelernter ins Café Slavia. Sie waren seit ihrer Trennung noch nie wirklich allein gewesen – das kurze, freundliche Gespräch auf der Treppe des Standesamtes in Smíchov, das sie im Winter 1958 bei Natalias und Dimas Hochzeit geführt hatten, hatte niemand mitbekommen –, und meine Mutter hatte es meinem Vater nur deshalb erlaubt, weil er ihr versprochen hatte, höchstens eine Stunde im Slavia zu bleiben.

Jetzt war es Viertel vor zehn, er war immer noch nicht zurück, und sie hoffte, er würde sich noch mehr verspäten, damit sie schon schlief und er nicht sehen konnte, dass sie geweint hatte. Eigentlich weinte sie fast nie, aber heute war es ihr gleich zweimal passiert. Das erste Mal, nachdem Mirek Scheinpflug sie morgens um kurz nach sieben in seinem neuen, noch nach Fabrik und Putzmitteln riechenden Škoda geküsst hatte. Und das zweite Mal, als sie nach der Arbeit endlich wieder zu Hause war und im Badezimmerspiegel lange ihr gemeines, hässliches Betrügerinnengesicht angeschaut hatte.

Mirek Scheinpflug – Ingenieur Scheinpflug, wie

ihn die meisten im Institut nannten – war ein großgewachsener, ernster, aber auch lächerlicher Mann, den sie noch nie ohne eine Zigarette gesehen hatte. Er hatte volles graues Haar, das ihm tief in die Stirn wuchs, ein graues und ein grünes Auge, und er trug wie die meisten tschechischen Männer nie einen Hut. Dafür hatte er auch bei der größten Hitze immer einen von seinen alten Vorkriegsanzügen an – breite Haifisch-Revers, zwei Knopfreihen, oft Nadelstreifen und weite, hoch sitzende Hosen. Er wartete fast jeden Morgen an der letzten Straßenbahnhaltestelle in Zlíchov auf sie, damit sie, wie er sagte, nicht zu einem Fremden ins Auto steigen oder mit dem Bus zum Institut nach Malá Chuchle rausfahren musste. Und wenn er krank war oder auf einer seiner häufigen Dienstreisen in der Sowjetunion, in Polen oder in der DDR, fragte er sie hinterher immer, ob sie ohne ihn gut zurecht gekommen sei, so als ob sie und er verheiratet wären. »Ich?«, sagte sie jedes Mal wieder erstaunt, und er sagte: »Ja, liebe Rada, natürlich, wer sonst?«

Mirek war doppelt so alt wie meine Mutter – vielleicht sogar noch etwas älter –, aber das war ihm egal. Wann immer er konnte, hielt er ihr im Institut die Tür auf, und er zwinkerte ihr bei Sitzungen viel zu auffällig zu. Einmal hatte er sogar wie einer von den Aserbaidschanern früher auf dem Tischinska-Markt in Moskau mit seiner Zunge etwas gemacht, wovon ihr zuerst einfach nur schlecht wurde – aber später, wenn sie sich daran erinnerte, liefen ihr zwei kleine Schauer die beiden Beine hinauf, dann wurde aus ihnen ein großer Schauer, und sie musste schnell an etwas anderes denken. Als er sie heute Morgen geküsst hatte, waren die beiden kleinen Schauer sofort auch wieder da gewesen. Doch bevor sie weiter hochwandern konnten, drehte sie sich von ihm weg, sie rüttelte zwei-, dreimal hilflos am Griff der schweren Autotür, worauf Mirek sich mit seinem langen Körper über sie beugte und für sie die Tür aufstieß. Und während meine Mutter schnell und ohne sich umzusehen über den großen baumlosen Institutsvorplatz zu der Baracke ging, in der ihr Büro war, rief er ihr hinterher: »Um neun habe ich ein Treffen mit den Planungsleuten von Mähren und Schlesien, Rada, aber danach habe ich Zeit. Kommen Sie bitte bei mir vorbei. Ich muss Ihnen etwas sehr Wichtiges zeigen!« Da standen bereits die ersten Tränen in ihren Augen, und als er zum Schluss auch noch einen leisen, gemeinen Pfiff ausstieß, liefen sie sofort über ihre Wangen, und sie musste sie schnell wegwischen und sich später im Büro neu schminken.

Wahrscheinlich, dachte sie jetzt, würde es bald vorübergehen. Das kannte man doch, so etwas passierte ständig, wenn Männer und Frauen zusammenarbeiteten, und man brauchte nur ein bisschen Willen, damit man nicht in echte Schwierigkeiten geriet. Sie richtete sich im Bett auf – das Bett war die ausgeklappte Wohnzimmercouch, auf der sie und mein Vater in Prag immer schliefen – und sah zu mir und meiner Schwester herüber. Ja, das Leben war auch so schon schwer genug, dachte sie, da musste man sich nicht auch noch selbst Dinge aufbürden, die keiner brauchte. Ihr fiel die Stelle in Michail Kusmins Tagebuch ein, das sie gerade las, da ging es ja genau darum, und während sie weiter mich und meine Schwester anschaute, ihre beiden Schätze und Sargnägel, suchte sie tastend auf dem Fußboden neben der Couch und auf dem Nachttisch nach dem Buch.

Ich hatte im Schlaf den Kopf auf die Schulter meiner Schwester gelegt – und mein rechtes Bein, das nicht zugedeckt war, lag auf ihrem Bauch. Ein Glück, dachte meine Mutter, dass dieses kleine, halbnackte Kinderbein jetzt nicht auf ihrem Bauch lag, das hätte sie keine Sekunde ausgehalten. Sie hielt es in Wahrheit aber auch schon nicht aus, dass wir beide überhaupt im gleichen Zimmer wie mein Vater und sie schliefen. Darum musste sie jede Nacht ihre Tabletten – eine halbe Algena und zwei Hysteps – nehmen. Und darum kam es ihr schon lange so vor, als kenne sie das Wort »Liebe« und alles, was damit zusammenhing, fast nur noch aus den Büchern von Kusmin, Mandelstam und Achmatowa – und jetzt auch ein bisschen aus Mirek Scheinpflugs neuem Škoda.

Sie betrachtete kurz wütend mein kleines, strenges, vielleicht etwas zu jüdisches Gesicht und wunderte sich, dass sie es in der Dunkelheit so gut sah. Das Gesicht meiner Schwester konnte sie dagegen im nächtlichen Zwielicht des Wohnzimmers – sie hatte vor ein paar

Minuten den Fernseher ausgemacht, und es war nur noch die kleine, rote Leselampe an – kaum erkennen. Sie sah bloß den riesigen schwarzen Haarkranz, der den langen Mädchenkopf auf dem großen, weißen Kissen umrahmte, und als ihr einfiel, dass sie morgen früh um sechs bestimmt eine halbe Stunde damit verbringen würde, diese unendlich vielen, widerspenstigen Haare zu bürsten und zu einem dicken Zopf zu flechten, wurde ihre Laune immer schlechter.

Dann fiel ihr auch noch ein, dass mein Vater nun schon seit Stunden mit Natalia im Café Slavia saß. Sie stellte sich sein strenges, schönes, ebenfalls etwas zu jüdisches Gesicht vor, das das Gesicht eines Filmschauspielers hätte sein können, sie dachte daran, dass er und Natalia damals in Leningrad nur deshalb nicht geheiratet hatten, weil Natalia ihm in letzter Sekunde gestanden hatte, dass sie nie Kinder wollte – und bevor meine Mutter jetzt noch böser, noch eifersüchtiger und trauriger werden konnte, bekam sie endlich Kusmins Tagebuch zu fassen, das die ganze Zeit neben ihr gelegen hatte, vergraben zwischen den Decken.

Sie fand die Stelle, die sie suchte, sofort. »Wer ist frei? Niemand ist frei«, schrieb Michail Kusmin, der die Männer liebte, obwohl er es nicht wollte, und trotzdem schon vor fünfzig Jahren keine Angst gehabt hatte, davon in seinen Geschichten und Gedichten zu erzählen. »Wer hat keine Bürden? Jeder Mensch. Selbst die Steine, die Gewässer der Erde, Tiere, Männer, Kinder – alle haben eine Last zu tragen.« Ja, dachte sie, aber was hatte es für einen Sinn? Und waren bloß die schrecklichen Dinge sinnlos, oder auch die schönen?

Als mein Vater, der seit seinem Partei- und Universitätsausschluss nur noch als Tourist und immer nur für wenige Tage in die Sowjetunion einreisen durfte, meine Mutter gleich bei ihrer dritten oder vierten Verabredung gefragt hatte, ob sie zu ihm nach Prag kommen und ihn heiraten wollte, hatte sie sofort Ja gesagt. Wäre der pessimistische Optimist Kusmin damit einverstanden gewesen? Sie saßen in Moskau, im Restaurant Aragwi in der Twerskaja-Straße, mein Vater wischte sich mit der weißen Stoffserviette verlegen und zufrieden die fettigen Wangen und die vollen, fast himbeerroten Lippen ab, und sie dachte, Prag, das war ja fast schon der Westen, das waren die verrückt teuren, festen Baťa-Schuhe, das waren die freundlichen Lehren von Comenius, das war eine der schönsten und herrlichsten Universitäten Europas. Das waren, dachte sie weiter, eben nicht die ewig gehorsamen, opferbereiten Russen und ihre hässlichen, grauen, sackartigen Mäntel und Pullover, und dann sah sie sich auch schon in einem kurzen blauen Sommerkleid über die berühmte Prager Karlsbrücke laufen, selbstbewusst lächelnd, mit einem wie gemalten Glitzern und Funkeln in den Augen.

Das blaue Sommerkleid hatte sie sich, kaum war sie in Prag angekommen, sofort bei Tuzex gekauft, und noch am gleichen Tag ging sie allein in die Stadt und zur Karlsbrücke. Sie ging zuerst langsam und später immer schneller an den großen schwarzen Heiligen vorbei, die sie von beiden Seiten der Brücke ernst und allwissend anschauten, so wie sie jeden seit dreihundert Jahren anschauten, und plötzlich merkte sie, dass sie immer noch der traurigste Mensch der Welt war – und dass kein Kleid und kein neues Land daran etwas ändern konnten. Das war, als hätte sie da schon in ihre Zukunft geschaut, lange bevor sie meine Schwester und mich bekommen hatte, bevor sie ganze Samstage und Sonntage damit verbrachte, Borschtsch, Schtschi, Pelmeni für die ganze Woche vorzukochen, bevor sie jeden Tag fast zwei Stunden nach Malá Chuchle rausfahren musste und zwei Stunden wieder zurück, bevor sie von einer Migräne in die nächste taumelte – und bevor ihr klar wurde, dass mein Vater und seine drei Brüder und ihr Vater davon besessen waren, so zu tun, als gäbe es den Kommunismus nicht, mit ihren ketzerischen Witzen, mit ihren Geschäften, mit ihren ständigen, lebensgefährlichen Bemerkungen über Stalin, Chruschtschow und Gottwald.

Alle haben eine Last zu tragen, dachte sie nun, in ihrem Bett in der Laubova, aber man musste es ja nicht übertreiben und es sich selbst noch schwerer machen. Dann klappte sie Kusmins Tagebuch zu, inzwischen schon ganz müde und durcheinander von ihren Tabletten, und machte die kleine rote Nachttischlampe aus.

In Mirek Scheinpflugs Büro roch es wie immer nach frischem Kaffee, Zigaretten und seinen schrecklichen lilafarbenen Topfblumen, die er mehrmals am Tag goss. Auch als meine Mutter an diesem Morgen reingekommen war – genau um halb zehn, wie er gesagt hatte –, stand eine volle Tasse mit heißem Kaffee vor ihm. Sie hatte nicht angeklopft, das musste sie bei ihm nie, und als sie langsam die Tür öffnete, hob er ebenfalls langsam den Kopf und schloss eine grüne Hauspost-Mappe. Er zog mit geschlossenen Augen an der Zigarette, die zwischen seinen Lippen hing, legte sie vorsichtig auf den Rand eines riesigen, vollen Glasaschenbechers, und die dünne, zitternde Rauchspirale, die von der Zigarette aufstieg, löste sich erst unter der niedrigen Barackendecke in ein weißes Wölkchen auf.

»Ich habe einen Freund im Außenministerium«, sagte Mirek statt einer Begrüßung, »der mir manchmal sehr interessante Artikel aus der westlichen Presse schickt.« Er öffnete wieder die grüne Mappe und nahm einen langen, schmalen, in der Mitte gefalteten Zeitungsausschnitt heraus. Das Papier war auffällig edel und weiß, und sie erkannte von Weitem eine englische Überschrift. »Sie können sich vorstellen«, fuhr er fort, »wie gefährlich so etwas ist, Rada. Aber was wäre das für ein Leben, wenn wir alle unsere Neugier unterdrücken würden, nicht wahr? Das tun die da oben schließlich auch nicht. Hätten sie sonst ihre Ohren und Augen überall?«

Meine Mutter lächelte falsch, obwohl sie nie falsch lächelte, und sah Mirek so abwesend an, als sei er gar nicht da. Er nahm wieder die Zigarette, zog zwei-, dreimal mit einem unangenehm lauten, saugenden Geräusch daran, dann fuhr er sich wie ein frecher Zwanzigjähriger durch die vollen grauen Haare und sagte: »Hat es Ihnen vorhin gefallen?«

Sie lächelte wieder – nicht sofort, aber auch nicht zu spät –, und plötzlich war etwas anders. Als ihr klar wurde, dass diesmal ihre Augen mitlächelten, senkte sie schnell den Blick und betrachtete – Finger für Finger – ihre wie immer russisch perfekt manikürten Hände mit den dunkelrot lackierten Fingernägeln.

Mirek faltete den Ausschnitt auseinander, las kurz für sich, was dort stand, legte ihn wieder zusammen und schob ihn zurück in die Mappe. Dann sagte er: »Sie haben sehr interessante Verwandte, Rada – sogar die New York Herald Tribune schreibt über sie. Wussten Sie eigentlich, wer alles dagegen war, dass Ihr Schwiegervater hingerichtet wird?«

»Wie bitte?«, sagte meine Mutter so überrascht, dass es ihr selbst unangenehm war.

»Eleonor Roosevelt«, sagte Mirek mit einem anerkennenden, unangenehmen Schnaufen. »Arthur Rubinstein, Bertrand Russell, John Wayne, Senator Jim McFerguson. Und noch ein paar andere Amerikaner, von denen ich nie gehört habe. Sie alle haben an den Kreml einen Brief geschickt und seine Begnadigung gefordert.«

»Wirklich?«

»Ich vermute, dass es keinen Sinn hatte«, sagte Mirek.

»Nein«, sagte sie, »leider nicht …«

Danach schwiegen sie beide eine Weile und guckten sich einfach nur an. Mirek hatte meiner Mutter nicht wie sonst einen Kaffee angeboten. Er wollte nicht, dass sie eine Zigarette mit ihm rauchte, und er fragte sie auch nicht, ob sie sich setzen möchte. Als sie seinem Blick nicht mehr standhalten konnte und erneut auf ihre Hände herunterschaute, sagte er: »Machen Sie sich keine Sorgen, Rada. Ich verstehe, dass Sie bei Ihrer Bewerbung niemandem im Institut von Ihrem kriminellen Schwiegervater erzählt haben. Wer nicht in der Partei ist, so wie Sie, kann keine dunklen Stellen in seiner Kaderakte brauchen. Von mir« – er machte wieder diese Sache mit der Zunge wie neulich, und wieder wurde ihr davon nur ein bisschen schlecht – »erfährt keiner etwas. Aber wenn Sie wollen, nehme ich Sie heute nicht nur nach Zlíchov mit, sondern bis in die Stadt. Sollen wir vielleicht noch im Café Slavia einen Wein trinken?«

»Das weiß ich noch nicht«, sagte meine Mutter erschrocken und stellte sich vor, wie sie mit Mirek ins Café Slavia reinkam, wo mein Vater bestimmt mit Natalia an dem schönen, großen Tisch hinter dem Flügel saß. »Mein Mann ist heute Abend nicht da, und meine Kinder warten.«

»Ich würde an Ihrer Stelle nicht Nein sagen«, sagte Mirek. »Verstehen Sie?«

»Wie bitte?«, sagte sie.

»Ihr armer Schwiegervater«, sagte Mirek und steckte sich eine neue Zigarette an. »Wissen Sie, was in der New York Herald Tribune noch steht? Dass es zuerst nur zehn Jahre waren und dass er das Todesurteil rückwirkend gekriegt hat, zusammen mit achtzehn anderen armen Kerlen. Und wissen Sie, warum das so war? Weil damals einfach zu viele in Russland heimlich Devisen getauscht und ihre kleinen jüdischen Geschäfte gemacht haben. Sozialismus durch Abschreckung? Ich weiß nicht ...«

Normalerweise redete nur meine Schwester im Schlaf, aber diesmal redeten wir beide gleichzeitig, und davon wurde meine Mutter, kaum hatte sie die Augen zugemacht, sofort wieder wach. Jelena erzählte wie immer eine Geschichte, in der sie selbst vorkam – heute war sie die jüngste Kosmonautin aller Zeiten –, und ich sagte ständig: »Nein, Onkel Dima, nein, das ist meine Decke.« Dabei seufzte ich tief und unglücklich.

Meine Mutter sah im Dunkeln auf ihre kleine russische Armbanduhr, deren winzige, phosphoreszierende römische Zahlen nur noch ganz schwach leuchteten – Viertel vor zwölf. Wirklich, hatte sie schon fast zwei Stunden geschlafen? Sie tastete links neben sich das Bett ab, wo sonst immer mein Vater lag, aber sein Platz war leer. Ein Glück, dachte sie, und sie wünschte sich sogar ganz kurz, dass er heute Abend Natalia küsste – aber bitte nicht mehr! –, damit sie sich selbst wegen Mireks Kuss nicht mehr schämen musste. Sie schloss wieder die Augen, sie spürte, wie sie erneut langsam und sorglos von ihrer kleinen chemischen

Wolke davongetragen wurde – und dann wurde sie noch wütender als vorhin.

Wofür hasste sie Natalia eigentlich am meisten? Dass sie und mein Vater einander einmal so nah gewesen waren wie heute sie und er? Wer sagte, dass die beiden sich nicht sogar noch besser verstanden hatten? Immerhin wollte er mit Natalia damals in Leningrad, als sie noch ein Paar waren, in den Westen gehen, jedenfalls hatte er das einmal wütend zu meiner Mutter gesagt, nachdem sie erklärt hatte, sie würde nicht mit ihm fliehen, denn sie habe, so hatte sie dann auch noch eiskalt und fast drohend hinzugefügt, seinetwegen ihr geliebtes Moskau verlassen – und einmal ein Land zu wechseln sei für sie genug!

Aber vielleicht hasste sie Natalia gar nicht. Vielleicht fand sie es einfach nur peinlich und lächerlich, dass Natalia Dima geheiratet hatte, weil sie seinen jüngeren, klügeren und schöneren Bruder nicht haben konnte. Doch, und wie sie sie hasste! Sie hasste die eingebildete, unsichere, ehrgeizige Natalia dafür, dass sie noch viel offener und abfälliger über die Partei redete als mein Vater und seine Brüder, so als wollte sie sie damit beeindrucken. Und ganz besonders hasste sie Natalia dafür, wie sie aussah – für ihren großen, schlanken Körper, für die kleinen Brüste, für diese Hüften, die wahrscheinlich noch in eine Mädchen-Blue-Jeans passten, für ihre langen, glatten, rotblonden Haare, die sie immer so selbstbewusst offen trug wie die jungen Frauen aus London, die man manchmal im Mladý svět sah – kein Haarspray, keine künstlichen Haarteile à la Arbat, kein Moskauer Chic, den sich meine Mutter bis heute nicht ganz abgewöhnt hatte.

Am schlimmsten war es aber für meine Mutter, dass Natalia immer wieder versuchte, ihr zu zeigen, was für eine schlechte Jüdin sie war. Als sie im Dezember zu dritt beim Purimball im großen alten Gemeindesaal in der Kaprova waren, hatte Natalia ihr zuerst, ohne dass sie sie darum gebeten hätte, lange erklärt, was an Purim gefeiert wurde. Sie hatte ihr die Geschichte von Haman und Ester wie ein Märchen für Fünfjährige erzählt, langsam, mit einer hohen, übertrieben geduldigen Stimme, mit der man sonst nur mit Kindern und Idioten redete, und schließlich hatte sie zu ihr gesagt: »Aber was wir an Pessach feiern, das weißt du schon, Rada, oder?« Worauf meine Mutter schnell und verlegen »Ja, ja, natürlich« sagte, obwohl sie natürlich keine Ahnung hatte. Dann wandte sie sich schnell von ihr ab und rannte auf die Toilette, wo sie sich fast eine Viertelstunde lang einschließen musste, um sich zu beruhigen.

»Nein, Onkel Dima, nein«, stieß ich plötzlich wieder gequält in der Dunkelheit aus. »Nein, das ist meine Decke! Geh weg, geh in dein Gefängnis zurück, du böser Mörder …«

Meine Mutter öffnete mühsam die Augen, sie atmete ein paarmal schwer ein und aus, und obwohl sie eigentlich aufstehen und nach mir sehen wollte, war sie viel zu benommen dafür. Ich habe, dachte sie,

Sjoma doch nur erlaubt, sich mit Natalia zu treffen, weil sie beide wegen morgen so aufgeregt sind – ja, er durfte nur deshalb mit dieser Schlange ins Café Slavia gehen, weil nach fast fünf Jahren sein Bruder und ihr Mann in Pankrác entlassen wird, der dumme, lächerliche Dima, der vielleicht doch nicht seinen eigenen Vater auf dem Gewissen hat, denn der wäre so oder so hingerichtet worden, so steht es jedenfalls in den amerikanischen Zeitungen, nein, wirklich nicht, dafür brauchten die Russen Dimas kleinen Verrat überhaupt nicht, und ich sollte das morgen unbedingt auch den Kindern erklären, damit sie lieb zu ihm sind … Sie holte noch einmal tief Luft, stützte sich auf dem linken Arm ab, um vielleicht doch noch aufzustehen und nach mir zu sehen – und schlief wieder ein.

Auf der langen Fahrt in die Stadt redeten Mirek und meine Mutter kein Wort. Zuerst fuhren sie an den hohen, zerklüfteten Barrandov-Hügeln vorbei, die meine Mutter an riesige Zuckerwatte-Bäusche erinnerten. Danach kam kilometerweit nichts, dann tauchten plötzlich die wunderschönen, halb verfallenen Jugendstilvillen von Podolí links und rechts von der Straße auf, und dann waren sie plötzlich in der Stadt, und wann immer meine Mutter aus dem Fenster schaute, konnte sie zwischen den hohen, dunklen Mietshäusern die noch dunklere, fast schwarze, weiß gekräuselte Oberfläche der Moldau erkennen, die – wie mit ihnen um die Wette – in Richtung Innenstadt floss.

Sie fuhren die ganze Zeit gegen die große, kalte, untergehende Maisonne, die sich meist hinter den am Himmel vorbeirasenden Wolken versteckte, und wenn die Sonne dennoch ab und zu rauskam, wurde es draußen kaum heller. Bald begann es auch noch zu regnen, und Mirek musste die Scheibenwischer anmachen. Für Ende Mai war es viel zu kalt, durch das Seitenfenster, das Mirek wegen des Zigarettenrauchs heruntergedreht hatte, zog ein feuchter, kühler, fast schon herbstlicher Wind ins Auto, und obwohl meine Mutter während der ganzen Fahrt fror, sagte sie trotzdem kein Wort. Am liebsten, dachte sie, würde sie mit diesem gemeinen Erpresser nie wieder reden – oder wenigstens heute nicht mehr. Sie nickte fast unsichtbar, so als wolle sie diesen Gedanken vor sich selbst noch einmal bekräftigen, sie fuhr mit dem Zeigefinger ein paar Mal über das kalte Autofenster, und dann kam plötzlich die Erinnerung zurück.

Als mein Großvater im Frühjahr 1960 am Flughafen in Moskau mit ein paar hundert Dollar verhaftet wurde – von diesem Geld wollte er in Prag meinen Eltern zu meiner Geburt ein neues Auto kaufen –, hatte sie sich kurz fast gefreut. Ja, natürlich, hatte sie triumphierend gedacht und sich sofort dafür geschämt, so musste es enden. Ich habe ihnen das schon immer gesagt, aber Sjoma und Dima sagten, es könne nichts passieren, ihr Vater sei klug und geschickt, er habe sogar in den besonders gefährlichen Dreißigern an den Bolschewiken vorbei die Dinge gemacht, die man machen musste, damit man nicht verhungerte und es fast so gut hatte wie sie, und jetzt haben ihn die Bolschewiken trotzdem erwischt – ausgerechnet als er nach Prag kommen wollte, um seinen neugeborenen Enkel zu sehen.

Aber das war noch nicht der letzte Akt der großen Tragödie gewesen. Drei Monate, nachdem ihr doch nicht so geschickter Schwiegervater verhaftet worden war, wurde im August 1960 sein Sohn Dima in Prag auf dem Flughafen festgenommen – auch er hatte Dollars dabei, mit denen er in Westdeutschland ein neues Leben beginnen wollte –, und noch mal drei Monate später erfuhren meine Mutter und mein Vater, dass man den Alten in Moskau hingerichtet hatte. Diesmal triumphierte sie gar nicht mehr, auch nicht ganz kurz. Sie hatte nur noch Angst, schreckliche Angst, dass sie und mein Vater bald auch verhaftet werden würden, und obwohl sie nie darüber redeten, war ihr klar, dass er wusste, was sie dachte: dass der feige, lächerliche Dima an diesem ganzen lebensgefährlichen Familiendrama schuld war. Ja, genau! Bestimmt hatte er, um sich zu retten, in Pankrác im Gefängnis der Staatssicherheit alles über die Familie verraten, über ihre Geschäfte, über ihre politischen Ansichten, über ihre Witze, über die beiden älteren Brüder Lev und Wladimir, die schon längst in den Westen geflohen waren, über ihre offene Liebe zu Israel und über die vielen Dollar- und Mark-Scheine, die ihr Schwiegervater auf seiner Datscha in Kunzewo immer hinter dem Küchenherd versteckte.

Und bestimmt, dachte sie, hatte Dima den StB-Leuten auch erzählt, dass sie selbst ein paar Mal dem Schwiegervater aus Prag nach Moskau Nylonstrümpfe mitgebracht hatte, die er dort gegen Rechenmaschinen, Rasierapparate und Parker-Füller tauschte, damit sie die wieder nach Prag mitnahm, wo mein Vater und Dima sie teuer verkauften.

»Wissen Sie, Rada«, sagte Mirek plötzlich, als sie an der großen Ampel beim Mánes anhalten mussten, »ich habe auch schon andere Zeiten erlebt. Ich habe noch bei Baťa gelernt, in Gottwaldow. Damals zählte nicht, wer man war, sondern nur, was man konnte. Ein bisschen wie im echten Sozialismus, verstehen Sie? Wissen Sie eigentlich, wie Gottwaldow früher hieß?«

»Zlín«, sagte meine Mutter, während sie wieder an den Artikel aus der Herald Tribune dachte.

»Ja, richtig«, sagte Mirek. »Genau.« Dann sagte er kurz nichts, die Ampel sprang auf Grün um, und er sagte erst wieder beim Anfahren: »Und, haben Sie es sich überlegt? Gehen wir noch ins Café Slavia?« Und als meine Mutter nicht antwortete, flüsterte er: »Keine Sorge, ich werde trotzdem niemandem etwas über Ihren bösen Schwiegervater verraten. Alte Schule, verstehen Sie? Ich lasse Sie in der Spálená raus, dort können Sie die Straßenbahn nach Vinohrady nehmen.«

Sie nickte.

Er nickte auch und sah sie von der Seite mit seinem grauen Auge an, während das andere, das grüne, an ihr vorbei in der Ferne herumirrte. »Seit Sie nicht mehr dieses aufdringliche russische Parfum benutzen, Rada«, sagte er, »finde ich Sie noch anziehender.«

Nachts um drei wachte meine Mutter vom Klappern der Schreibmaschine im Arbeitszimmer auf. Im Spalt unter der Tür sah man Licht, doch das Klappern war leiser und kraftloser als sonst, und irgendwann verstummte es ganz. Dann blieb es lange still, das Licht im Türspalt erlosch, aber wenig später ging es wieder an. Danach ging es wieder aus, dann wieder an, und das wiederholte sich noch einige Male, bis sie meinen Vater laut stöhnen und auf Russisch fluchen hörte. Er schob – dieses Geräusch kannte sie seit Jahren – seinen Arbeitsstuhl auf dem müden, alten Parkett zurück, sie hörte seine schweren, kleinen Schritte, und schließlich ließ er sich auf seine schreckliche neue Couch fallen.

Sie hasste diese Couch. Sie fand sie unbequem und für Gäste viel zu schmal, und der angeblich so besondere schwedische Stoff, mit dem sie bezogen war, war rau und brannte fast ein bisschen auf der Haut, wenn man zu lange darauf saß. Trotzdem tat es ihr jetzt plötzlich leid, dass sie meinem Vater an dem Tag, als sie sie gekauft hatten, bei Tuzex eine solche Szene gemacht hatte. »Ich hab wirklich genug von dir«, hatte sie plötzlich laut zu ihm gesagt, als er schon zahlen wollte, und als er sie – nicht böse, nur überrascht – mit seinen übergroßen, braunen Augen ansah, die komischerweise nie ganz von seiner kleinen schwarzen Hornbrille verdeckt wurden, beschimpfte sie ihn einfach weiter – vor den beiden Verkäuferinnen in ihren weißen Kitteln, vor den anderen Kunden. »Du machst immer nur, was du willst!«, schrie sie, während er die schönen blauweißen Tuzex-Bons auf dem Tresen abzählte. »Du kaufst Sachen, die ich nicht will, du sagst Sachen, die man nicht sagen darf, du bist viel zu grob und zu streng zu den Kindern. Was glaubst du, wer du bist? Dein Vater, der große Patriarch? Guck mal, was aus ihm geworden ist!« Danach gingen sie schweigend in die Kleiderabteilung, wo er für Dima ein paar neue Sachen kaufen wollte, unter anderem einen von diesen kleinen, lächerlichen Hüten, wie sie nur noch die Russen und die Amerikaner trugen, doch das konnte sie ihm wenigstens ausreden. Vielleicht hatte er aber auch nur Angst bekommen, dass sie weglaufen würde, denn damit hatte sie ihm natürlich auch noch gedroht.

Auf dem Weg nach Hause hatte sie sofort wieder angefangen, ihn anzuschreien. »Warum hast du mich überredet, aus Moskau wegzuziehen? Wieso sehe ich deinetwegen meine Eltern fast nie?«, sagte sie immer wieder. »Und warum habe ich Idiotin Ja gesagt? Weißt du, wie oft ich hier Migräne habe? In Moskau hatte ich nie Kopfschmerzen …« Und weil er stumm blieb, sagte sie auf einmal leise und kühl: »Weißt du überhaupt, wie unglücklich ich in Prag bin? Weißt du, wie schwer mein Leben hier ist, mit dir, mit den Kindern, im Institut, wo die eine Hälfte der Leute mich als russische Besatzerin behandelt und die andere Hälfte sich vor mir auf diese schmierige tschechische Art erniedrigt und verstellt?« Er antwortete immer noch nicht, aber dann blieb er einfach stehen – das war schon an der Ecke Laubova und Slavíkova –, er lächelte, so wie nur er lächeln konnte, er streichelte ihr zärtlich mit dem haarigen Rücken seiner Hand über die Wange, und sie wusste genau, was er dachte – dass sie überall unglücklich war und dass sie dafür nicht erst von einem Land in ein anderes umziehen musste.

Ja, wahrscheinlich stimmte das sogar, dachte meine Mutter jetzt, und nun war sie endgültig so wach, als wäre es mitten am Tag. Sie wartete und hoffte, dass sie gleich wieder einschlafen würde, aber es klappte nicht. Darum machte sie die kleine rote Lampe an, setzte sich im Bett auf und griff nach dem Kusmin-Tagebuch. Nachdem sie ein paar Zeilen gelesen hatte, machte sie es aber gleich wieder zu. Sie dachte, Kusmin hat recht, alle sind unglücklich, alle tragen eine unerträgliche Last, wenigstens das sollte mich ein bisschen glücklich machen, und außerdem sollte ich froh sein, dass ich nur manchmal dieses ganz kleine, versteckte Todesgefühl kriege, aber noch nie an echten, endgültigen, unumkehrbaren Selbstmord gedacht habe.

Sie legte das Buch auf den Nachttisch zurück, überlegte kurz, ob sie nicht wieder eine Tablette nehmen sollte, damit sie endlich einschlief und morgen keine Kopfschmerzen bekam – und dann sah sie uns in dem grauen, nächtlichen Licht des Wohnzimmers an. Der Kopf meiner Schwester war auf meine kleine

Schulter gerutscht, und wir hielten uns im Schlaf an den Händen. Ich lächelte und machte ein brummendes Geräusch wie ein Auto oder ein Motorrad, und plötzlich sagte ich: »Danke, Frau Lehrerin …« Dann lächelte ich wieder, und nun lächelte meine Mutter auch und löschte schnell das Licht.

Als meine Eltern im Herbst 1969 beschlossen hatten, mit uns für immer die Tschechoslowakei zu verlassen, ging das nicht mehr so leicht wie ein paar Monate vorher, als jeder, der nach dem Einmarsch der Russen emigrieren wollte, von den neuen Machthabern mehr oder weniger direkt dazu aufgefordert wurde.

Mein Vater brauchte für eine Auslandsreise die Erlaubnis vom Übersetzerverband, und die bekam er nur, weil er dem Verbandssekretär bei einem kurzen, kühlen Gespräch in dessen Büro am Wenzelsplatz einen Umschlag mit fünfhundert Dollar gegeben hatte, die er noch von unserem Großvater hatte.

Meine Mutter musste sich die Unterschrift ihres Vorgesetzten im Institut in Malá Chuchle holen – und das war inzwischen Ingenieur Scheinpflug.

Sie saßen, so wie früher, in seinem verrauchten Büro, sie tranken beide seinen starken, heißen Kaffee, sie rauchten seine stinkenden Spartas, und dann endlich legte sie ihm nervös das kleine, eng bedruckte Papier hin. Mirek Scheinpflug las den Urlaubsantrag meiner Mutter langsam und genau von der ersten bis zur letzten Zeile durch, so als hätte er noch nie ein solches Formular gesehen, und hinterher sagte er: »Aber Sie kommen doch sowieso nicht mehr zurück, Rada, nicht wahr?« Sie schwieg, er schwieg auch, und plötzlich stand er auf und begann, mit dem Rücken zu ihr, seine hässlichen Topfblumen zu gießen. Danach setzte er sich wieder hin und unterschrieb. »Na gut«, sagte er und reichte ihr das Blatt. »Also gut …« Und dann sagte er noch: »Wussten Sie, Rada, dass es in Westdeutschland immer noch Schuhe von Baťa gibt? Sie sollten Ihrem Mann unbedingt ein Paar kaufen, wenn Sie in Hamburg angekommen sind.«

3.

Kronenhalle

Einen Tag vor meinem fünfzehnten Geburtstag, im August 1975, schickten mich meine Eltern allein zu meinem Onkel Dima in die Schweiz. Im Zug – die Fahrt von Hamburg nach Zürich dauerte fast einen ganzen Tag – lernte ich einen jungen Tschechen kennen, der nur ein paar Jahre älter war als ich, höchstens zwanzig. Er war sehr groß, dünn, er hatte kurze, braune Locken und kleine braune Augen, und sein unrasiertes, jungenhaftes Gelehrtengesicht war so dunkel und intelligent, dass meine Eltern bestimmt über ihn gesagt hätten, er sehe sehr jüdisch aus. Er hieß, glaube ich, Miloslav – vielleicht aber auch Jaroslav –, und er war natürlich kein Jude. Er studierte Biologie oder Mathematik oder etwas anderes, das mit Naturwissenschaften zu tun hatte, sein Vater war immer noch Professor für Geschichte an der Universität in Prag, und er lebte seit Jahren ohne seine Familie im Westen.

Ich weiß nicht mehr genau, wieso Miloslav – oder Jaroslav – und ich angefangen hatten, miteinander zu sprechen. Ich kann mich nur noch daran erinnern, dass er die ganze Zeit mit einer sehr ernsten – vielleicht zu ernsten –, erwachsenen Stimme darüber redete, was man machen musste, damit eine Frau nicht Nein sagte:

also zum Beispiel immer für sie bezahlen oder sie ab und zu so anschauen, als würde man ihr, sollte es nötig sein, auch mal eine Ohrfeige geben. Und ich erzählte ihm schon bald, dass ich für den Rest der Sommerferien zu meinem Onkel fuhr, der wahrscheinlich meinen Großvater umgebracht hatte, und als er wissen wollte, ob ich Beweise dafür hätte, sagte ich ihm, dass ich ja genau deshalb in die Schweiz fuhr – um sie mir endlich zu besorgen. Kurz bevor der Zug in Zürich in den Hauptbahnhof einfuhr, schrieb er mir seine Schweizer Nummer auf – ich glaube, er schlief in einer Jugendherberge oder bei irgendwelchen entfernten Bekannten – und verließ schnell das Abteil, in dem wir fast zehn Stunden allein gesessen hatten. Plötzlich schob er aber wieder den Kopf in die halb offene Abteiltür und sagte auf Tschechisch: »Du darfst ihn nie gleich ganz reinstecken, immer nur ein bisschen.«

Onkel Dima sah – obwohl er fünf Jahre älter war als mein Vater – immer wie seine jüngere, weichere, einfachere Version aus. Auch jetzt, während er mir in Zürich auf dem Bahnsteig entgegenkam, in seinem wehenden weißen Trenchcoat und den weiten, hängenden Hosen, mit diesem schweren, wiegenden, ungeschickten Gang, den ich von meinem Vater nicht kannte, wirkte er nicht besonders beeindruckend auf mich. Ich hatte ihn trotzdem sehr gern, so gern wie fast keinen anderen unserer Verwandten, und das lag nicht nur daran, dass er, bis auf unseren armenischen Großvater, der Einzige aus der Familie war, den meine Schwester und ich in Prag und später auch in Hamburg oft sahen. Die beiden anderen Brüder meines Vaters waren für uns eigentlich immer unsichtbar und unerreichbar gewesen: Wladimir, weil er seit den fünfziger Jahren, seit den Slánský-Prozessen, in Rio lebte, auf der anderen Seite der Erde. Und Lev, der kurz nach Wladimir nach Westberlin geflohen war und wegen eines mysteriösen Familienstreits mit niemandem von uns reden wollte, nicht einmal mit mir und meiner Schwester. Dann waren da zwar noch die vielen Onkel, Neffen und Tanten meiner Mutter, die alle in Moskau oder Baku wohnten. Sie alle kannten Jelena und ich aber nur aus Mamas langen, traurigen, oft sehr selbstvergessen vorgetragenen Erzählungen, wir konnten nicht einmal ihre Namen auseinander halten – und schon gar nicht ihre einzelnen Schicksale und Geschichten.

Bei Onkel Dima war alles ganz anders und sehr viel konkreter. Er hatte mir zu meinem zwölften Geburtstag eine elektrische Schreibmaschine geschenkt, eine kleine, graue Olivetti Praxis 48, auf der ich später meine ersten Artikel und Erzählungen schrieb. Er umarmte und küsste mich manchmal, so wie man es sonst nur mit dem eigenen Sohn machte. Er lag damals in Prag in unserem Badezimmer in der Badewanne, als ich nach dem Kindergarten so dringend auf die Toilette musste, im Mai 1965, an dem Tag, an dem er aus dem Gefängnis entlassen worden war, aber ich durfte trotzdem rein, und nachdem ich mich hingesetzt hatte, brummte er, er habe sich fünf Jahre lang darauf gefreut, endlich einmal an einem solchen Ort allein zu sein, jetzt müsse er mir aber beim Pinkeln zugucken. Und bevor mein Onkel Dima starb, im Herbst 1986, hatte ich, mehrere Monate lang, immer wieder dieses unangenehme klaustrophobische Gefühl gehabt, dass mein Vater bald sterben würde, doch dann rief er mich aus Hamburg in München an und sagte: »Dima ist tot.« Danach weinte er, obwohl er sonst nie weinte, und in diesem Augenblick hörte ich auf, Angst um das Leben meines Vaters zu haben.

Auf dem Bahnsteig in Zürich umarmte und küsste mich Dima so wie immer, daran kann ich mich noch sehr gut erinnern. Seine dunklen, leicht glänzenden Wangen, die er am Morgen rasiert hatte, kratzten bereits wieder ganz leicht, genauso war es auch immer bei meinem Vater, und Dimas Backen waren ebenfalls fest und warm und ein bisschen füllig.

»Hast du heute oder morgen Geburtstag?«, sagte Dima auf Russisch.

»Morgen«, sagte ich auch auf Russisch.

»Auch gut«, sagte er. »Diesmal schenke ich dir aber keine elektrische Schreibmaschine …«

»Nein? Warum nicht?«

»Hast du überhaupt schon mal etwas auf ihr geschrieben?«

»Noch nicht«, sagte ich. »Aber ich mache Bilder damit. Ich tippe ein X nach dem anderen und lasse in jeder Zeile eins weg, und am Ende ist da ein weißes Loch, und das sieht immer total interessant aus.«

Er lächelte und schüttelte den Kopf, und hinter ihm tauchte plötzlich kurz Miloslav – oder Jaroslav – auf, der mit seiner Faust und seiner Zunge so tat, als sei er eine Frau, die gerade jemandem einen bläst. Er winkte und verschwand wieder zwischen den Menschen auf dem Bahnsteig.

»Ich werde dich zu deinem Geburtstag ins beste Restaurant der Welt einladen«, sagte Dima, »in die berühmte Kronenhalle. Hast du schon einmal von der berühmten Kronenhalle gehört?«

»Hm … hm«, sagte ich.

»Weißt du«, sagte er plötzlich sehr leise und mehr zu sich selbst als zu mir, während sein Blick kurz unscharf wurde, »allein wegen der wunderschönen weißen Kittel der Kellner in der Kronenhalle hat sich die ganze Quälerei gelohnt, sogar diese verdammten fünf Jahre Pankrác haben sich dafür gelohnt!« Dann sah er mich wieder direkt an und sagte: »Und nächsten Sonntag besuchen wir Natalia und Ettie in Leukerbad. Wie lange bleibst du eigentlich?«

»Zehn Tage«, sagte ich. »Ich glaube …«

»Zehn Tage?!«

»Ja.«

»Und was willst du hier die ganze Zeit machen?«

Ich stellte mir – während er redete – Dimas Wohnung vor, die ich noch gar nicht kannte. Sie lag bestimmt irgendwo in der Innenstadt, und sie sah fast genauso aus wie unsere alte Prager und später auch unsere neue Hamburger Wohnung. Sie war dunkel und ziemlich deprimierend, und überall standen mehr oder weniger schöne, alte Möbel. Die Wände waren voll mit den Bildern tschechischer und russischer Maler, und während Dima tagsüber in seiner Schweizer Waffenfirma saß und darüber nachdachte, wie man noch gefährlichere Panzer oder Maschinengewehre oder was auch immer bauen konnte, lag ich – das stellte ich mir ebenfalls vor – von morgens bis nachmittags im Gästezimmer in einem großen, weißen Bett, ich blätterte in seinen alten Playboy- und Lui-Ausgaben, die ich garantiert sehr schnell finden würde, und versuchte, mal wieder einen neuen Sexrekord aufzustellen.

»Was meinst du damit«, sagte ich, »dass sich die ganze Quälerei gelohnt hat?«

»Komm«, sagte er, statt mir zu antworten, »lass uns erst mal nach Hause fahren.«

»Ich muss einen Aufsatz für die Schule schreiben«, sagte ich. »Vielleicht werde ich das machen.«

»Und worüber sollt ihr schreiben?«, sagte er abwesend.

»Über eine Geschichte von Brecht, die ich wahnsinnig blöd finde.«

Dima wohnte nicht in der Innenstadt, er wohnte weit draußen, in Oerlikon, glaube ich, in einem müden, hässlichen Neubaugebiet, das offenbar nur aus menschenleeren Straßen und sich endlos dahinziehenden zwei- oder dreistöckigen, sozialistisch grauen Häusern bestand. Ab und zu kam eine Tankstelle oder eine Migros-Filiale mit dem nüchternen, orangefarbenen Migros-Schriftzug über dem Eingang oder ein Sportplatz, auf dem niemand Fußball spielte oder über die schmutzig-rote Tartanbahn lief. Dafür war Dimas Wohnung im Erdgeschoss eines der traurigen Vororthäuser von Oerlikon sehr hell und freundlich und fast leer. Hier gab es keine dunklen Teppiche wie bei uns oder alte, schwere Sessel, über denen in der schräg stehenden, gedämpften Nachmittagssonne kleine Staubkörnchen wirbelten. Im Wohnzimmer stand ein langes, weißes Sofa, davor lag ein riesiger, weißer Flokati-Teppich mit langen Fransen, es gab einen Sofatisch aus Glas und einen Esstisch mit einer noch dickeren Glasplatte und vier roten, ausladenden Plastikstühlen. Gegenüber vom Sofa stand auf einem dünnen silbernen Fuß ein großer, silberner Farbfernseher von Wega, und daneben, auch auf einem solchen Fuß, ein Saba-Plattenspieler mit Radio und Kassettenrekorder.

Nirgendwo in der ganzen Wohnung hing ein Bild oder wenigstens ein Familienfoto. Nur im Flur hatte Dima ein Werbeposter seiner Firma aufgehängt, sie hieß Brown, Boveri & Cie. und versprach ihren Kunden »Sicherheit, Zuverlässigkeit und Schießpräzision Made in Switzerland«. Auf dem Bild unter diesem etwas steifen Werbeslogan sah man eine ernste, schöne, junge Frau in einem weißen Strick-Bikini – hohe Hüften mit zwei perfekt rausschauenden Beckenknochen, braune Haut, kaum Brüste –, die mit einer Maschinenpistole auf den Betrachter zielte.

»Gefällt sie dir?«, sagte Dima gleich, als wir reinkamen.

»Nein«, sagte ich leise. Dann sagte ich etwas lauter: »Musst du in einer solchen Firma arbeiten?«

»Das verstehst du nicht«, sagte er.

»Doch«, sagte ich. »Aber du kannst es mir trotzdem erklären.«

»Dein Vater übersetzt heute auch nicht mehr Hašek und Kundera ins Russische. Die Emigration ist kein Vergnügen.«

»Aber er hilft niemandem dabei, Menschen zu töten.«

»Bist du jetzt Kommunist? Hat es nicht schon genug Kommunisten auf der Welt gegeben?«

Ich antwortete nicht.

»Wollen wir uns wirklich gleich am ersten Abend darüber streiten?«, sagte er und schnaufte ganz leise, so als wolle er sich auf keinen Fall von mir provozieren lassen. Schließlich umarmte er mich und gab mir einen viel zu nassen Kuss auf die Stirn, und dann gingen wir weiter.

Etties Zimmer, in dem ich schlafen sollte, war noch heller als die anderen Räume. Es hatte gar keine Vorhänge, es gab dort nur einen kleinen, grünen Kinderschreibtisch, einen Stuhl und ein Regal, in dem Kinderbücher auf Französisch, Tschechisch und Deutsch und ein paar offenbar völlig unberührte Stofftiere lagen. Das Bett war ganz schmal und kurz, und ich musste es mir später, als ich schlafen ging, selbst beziehen. Das war aber erst abends um zehn oder elf. Vorher zeigte mir Dima noch den Rest der Wohnung, die Küche, das Bad und sein Arbeitszimmer, wo es überraschenderweise fast genauso aussah wie im Arbeitszimmer meines Vaters: volle Bücherregale, ein schwerer Schreibtisch mit einer riesigen elektrischen Schreibmaschine und offen herumliegenden Wörterbüchern, eine weißgrau karierte Klappcouch, heruntergelassene Jalousien, und auf einem Sideboard standen sogar auch ein paar alte, wie vom Ruß geschwärzte Menoras und Kidduschbecher.

Danach gingen wir wieder zurück in die Küche, und dabei stießen wir uns gleich zweimal zufällig an. Beim zweiten Mal mussten wir lachen, und Dima sagte: »Fängst du schon wieder an, dich mit mir zu streiten?« In der Küche legte er eine Packung mit geschnittenem Supermarktbrot auf ein Tablett, er holte aus dem Kühlschrank Butter, zwei Paar eingeschweißte Debrezciner von Migros, zwei Dosen Fanta und ein Glas mit schwarzen, halb vertrockneten Oliven und stellte das alles dazu. »Morgen Abend gehen wir aber richtig essen«, sagte er plötzlich sehr erschöpft und trug das Tablett langsam und vorsichtig ins Wohnzimmer, wo wir uns nebeneinander aufs Sofa setzten und beim Essen die Nachrichten im Schweizer Fernsehen schauten, die zum Glück in einem halbwegs normalen Deutsch kamen.

Bald schlief Dima ein, so wie mein Vater auch immer beim Fernsehen einschlief und so wie ich inzwischen auch jedes Mal einschlafe, wenn der Fernseher an ist. Dimas großer, dunkler, russischer Kopf, den er meist gerade hielt, fiel manchmal leicht nach vorne, aber dann riss er ihn, ohne aufzuwachen, gleich wieder zurück und schlief ruhig weiter. Irgendwann stand ich einfach auf und ging in Etties leeres, verlassenes Zimmer, das jetzt für zehn Tage mein Zimmer sein sollte. Ich hatte keine Lust mehr, ins Bad zu gehen, ich legte mich, nachdem ich das Bett gemacht hatte, sofort hin und versuchte, das Brecht-Buch zu lesen, über das ich seit Monaten den Aufsatz schreiben sollte. Ich las zum vierten, fünften Mal denselben Satz – »In großen Zeiten stören Leute wie ich das harmonische Bild« –, ich dachte, was für eine eingebildete, kokette Scheiße, und dann machte ich Etties kleine, rote Nachttischlampe aus und versuchte ziemlich lange, im orangefarbenen Schein der Straßenlaterne, die genau vor dem Fenster stand, einzuschlafen. War der freundliche, ungeschickte Dima wirklich ein Denunziant und Mörder?, dachte ich auf einmal. Und was mache ich hier eigentlich zwei schreckliche, endlose Wochen lang?

Später – es war bestimmt schon lange nach Mitternacht – wurde ich vom lauten, metallischen Klappern von Dimas Schreibmaschine wach. Zuerst dachte ich, das sei mein Vater, der auch immer so spät arbeitete, aber dann erinnerte ich mich daran, wo ich war. Trotzdem schlief ich sofort wieder ein.

Ich glaube, ich war schon fast eine Woche in Zürich, als ich Dima fragte, warum Onkel Lev seit Jahren mit niemandem mehr in der Familie redete.

»Warum fragst du ihn nicht selbst?«, sagte Dima, während er mit der Gabel das blasse, wässerige Putenschnitzel, das ich gemacht hatte, auf seinem Teller ruhig hin und her schob. Dann schnitt er ein kleines Stück ab, aß es, dachte kurz nach und legte das Messer und die Gabel auf den Teller und stellte ihn zur Seite.

»Weil er mit niemandem redet«, antwortete ich, aber es klang eher wie eine Frage.

»Mit dir würde er vielleicht reden«, sagte Dima. »Du hast doch damit überhaupt nichts zu tun.«

»Womit?«

»Damit.«

Wir saßen, wie fast jeden Abend, im Wohnzimmer vor dem Fernseher nebeneinander auf dem langen Sofa, und ich hatte, wie jeden Abend für uns gekocht, obwohl ich nicht kochen konnte. Aber Dima konnte es auch nicht, und darum rief ich fast jeden Nachmittag meine Mutter in Hamburg in der Universität an. Sie sagte mir dann, was ich einkaufen und kochen sollte, und meistens schmeckte es sogar, aber heute Abend nicht.

»Und wie soll ich mit ihm reden?«, sagte ich, während in den Fernsehnachrichten gerade der brasilianische

Präsident Ernesto Geisel erklärte, dass das brasilianische Volk wie ein kleines, unreifes Kind sei, das noch lange nicht selbst auf sich aufpassen könne. »Ich weiß doch gar nicht, wo er ist.«

»In Zürich«, sagte Dima.

»Was?«, sagte ich. »Ich dachte, er war in Berlin, und dann meinte Papa, dass er in Wien ist, und dann wusste er es auch nicht mehr.«

Der brasilianische Präsident, der mit seinen weißgrauen, gewaltsam zurückgekämmten Haaren und der abgedunkelten Metallbrille wie ein von seinem eigenen Schicksal gequälter kommunistischer Politiker aussah, stand im brasilianischen Parlament am Rednerpult. Er trug eine breite, gelb-grüne Schärpe quer über dem Anzug, ganz dicht um ihn herum standen, wie satte Wölfe, bestimmt zehn Generäle in ihren weißen Feiertagsuniformen, und als er sagte, eine Rückkehr zur Demokratie sei eine naive Illusion und gleichzeitig eine ziemlich durchsichtige linke Intrige, setzten die Generäle ihre riesigen, weißen Schirmmützen auf und salutierten ergeben, obwohl wahrscheinlich sie selbst es waren, von denen der Text dieser Rede stammte. Und während der Nachrichtensprecher nun erklärte, gestern habe Kanada als letztes NATO-Land die DDR anerkannt, sagte Dima voller Bewunderung: »Mit diesen Leuten macht dein Onkel Wladimir seit Jahren sehr gute Geschäfte. Wusstest du das? Wusstest du, dass er die größte Straßenbaufirma Brasiliens hat und in Rio in einer Villa über dem Meer wohnt?«

»Ja«, sagte ich kalt, »ich weiß … Mama und Papa wollen auch schon die ganze Zeit hinfahren.«

»Du musst nicht schon wieder so böse werden, du kleiner Trotzki«, sagte Dima mit einem schiefen Lächeln, das überlegen sein sollte, und machte den Ton des Fernsehers aus. »Lev hat übrigens auch ein schönes, großes Haus, irgendwo am Zürichsee. Ruf ihn einfach an. Vielleicht lädt er dich sogar zu sich ein.«

In großen Zeiten stören Leute wie ich das harmonische Bild, dachte ich plötzlich. Es war der Satz aus dem Brecht-Buch, den ich nicht mochte und der mir in Zürich immer wieder einfiel, wahrscheinlich, weil ich ihn nur halb verstanden und darum so oft gelesen hatte. Hieß das, dass immer nur die Arschlöcher Erfolg hatten? Oder dass die Heiligen auch Arschlöcher waren?

»Hast du Onkel Levs Telefonnummer?«, sagte ich zu Dima. »Und was soll ich ihm eigentlich sagen?«

Noch bevor Dima antworten konnte, fiel mir ein weiterer Brecht-Satz ein, den ich aber verstanden hatte. Es ging darin um Verrat und Familie und falsche Ehrlichkeit, und auf einmal – noch während Dima aus seiner weiten Hose umständlich ein kleines schwarzes Telefonbuch rausholte – wurde mir klar, weshalb Onkel Lev nicht mehr mit seinen drei Brüdern reden wollte. Natürlich! Warum war ich nicht früher darauf gekommen? Lev hasste Dima bestimmt dafür, dass er damals, im Sommer 1960, nach seinem kindischen, misslungenen Fluchtversuch in den Westen den

Staatssicherheitsleuten alles über die illegalen Moskauer Geschäfte meines Großvaters verraten hatte. Er hasste ihn dafür, dass sie den Großvater wegen ihm verhaftet, zu Tode verurteilt und gehängt hatten. Und er hasste seine drei Brüder und auch uns, ihre Kinder und Frauen, weil wir mit Dima nach seiner Entlassung trotzdem weiter redeten – und darum redete er mit uns allen nicht mehr. »So haben sie einen Verräter aufgezogen, ihn unterrichtet in ihren Künsten, und er verrät sie dem Feind«, stand bei Brecht. Wie immer bei ihm konnte das alles Mögliche bedeuten. Ich wusste aber genau, wie er es meinte! Der schwache Dima, der immer noch da war, war gar nicht einer von uns. Lev, der hart geblieben war und uns verlassen hatte, war einer von uns, denn er war bis heute auf der Seite des ermordeten Großvaters.

»Hast du Onkel Levs Telefonnummer?«, fragte ich Dima noch einmal. »Und was sage ich ihm überhaupt?«

»Dass du in Zürich bist«, sagte Dima. »Dass du Hilfe brauchst. Irgendwas.«

»Und wenn er auflegt? Legt er nicht immer bei allen auf?«

»Du bist doch sonst immer so mutig. Traust du dich nicht?«

Nachdem ich langsam Levs Telefonnummer gewählt hatte, blickte ich am Fernseher vorbei aus dem Fenster, wo man zwischen ein paar ordentlich geschnittenen, staubigen Büschen den hellblauen, irgendwie goldenen Schweizer Himmel sah. Onkel Lev war nicht bloß ein Name, nicht bloß ein merkwürdiger Verwandter, er war – das ahnte ich damals aber nur – die andere Seite der Wirklichkeit. Und während jetzt auf dem stummen Bildschirm ein Vierhundert- oder Achthundertmeter-Rennen bei der Leichtathlethik-WM in Nizza zu sehen war, während ein paar kleine, fast durchsichtige Wolken langsam und höflich den weiten Züricher Himmel durchquerten, hoffte ich plötzlich, dass Lev in seiner großen, schönen Villa nicht ans Telefon gehen würde.

Ich ließ es höchstens fünf- oder sechsmal klingeln, dann wollte ich schnell wieder auflegen. Aber Dima sah mich mit seinen nah zusammenstehenden, immer ein bisschen lächerlich wirkenden Augen ungewohnt streng an und schüttelte den Kopf, und darum behielt ich den Hörer noch kurz in der Hand. Plötzlich meldete sich Lev doch – seine Stimme klang, glaube ich, ganz anders als Dimas Stimme oder die meines Vaters, sie war hoch, bitter, kränklich –, und nachdem ich ihm, ohne zu zögern, gesagt hatte, wer ich sei und dass ich gerade allein am Bahnhof in Zürich stehe, wo man mir meinen Koffer und meine Tasche mit dem Geld und dem Pass gestohlen hätte, sagte er: »Bestimmt sitzt mein dummer Bruder neben dir. Das war seine Idee, oder? Sag ihm, ich hätte dich zum Teufel geschickt, ich hätte gesagt, du sollst deinen Vater anrufen, wenn du Hilfe brauchst. Und ruf mich morgen noch mal an – wenn er nicht dabei ist. Verstanden? Sag zweimal schnell hintereinander Ja, wenn du das verstanden hast.«

»Ja«, sagte ich, »ja, ja.«

Vor meinem kurzen, merkwürdigen Telefongespräch mit Lev waren die Tage in Zürich sehr langweilig und sehr lang gewesen. Bis ich mich nachmittags endlich an Etties grünen Kinderschreibtisch setzte, auf dem die ganze Zeit das Brecht-Buch und mein großes, leeres, blau-weiß kariertes Schulheft lagen, war meistens schon der halbe Tag nutzlos vergangen. Ich schlief immer bis elf oder zwölf und frühstückte, weil Dima längst weg war, allein vor dem Fernseher. Danach nahm ich stundenlang mit seiner Stereoanlage Musikkassetten auf – im Schweizer Radio spielten sie sehr viel mehr amerikanische und englische Musik als bei uns in Hamburg –, und hinterher lief ich durch die Wohnung und suchte überall nach den Sexheften, die Dima, der seit zwei Jahren von Natalia und Ettie getrennt lebte, irgendwo haben musste. Ich guckte unter seinem Bett nach, im Kleiderschrank und in allen Badezimmerschränken – und weil ich nichts fand, stellte ich mich irgendwann vor das Brown-Boveri-Plakat im Flur. Ich schaute mir zuerst ganz genau die kleinen Brüste der kalten, dünnen Blondine mit der Maschinenpistole an, dann konzentrierte ich mich auf ihre perfekten Beckenknochen, ich versuchte, mir vorzustellen, was unter dem weißen Bikinihöschen lag, das sich zwischen ihnen spannte, und als ich fertig war, legte ich mich wieder ins Bett und schlief noch einmal ein. Dabei dachte ich daran, dass ich am nächsten Tag unbedingt wieder versuchen sollte, Dimas Playboy-Sammlung zu finden.

Als ich wieder aufwachte, betrachtete ich vom Bett aus müde Etties Schreibtisch. Ich stellte mir vor, wie sie hier alle zwei Wochen, wenn sie Dima besuchen durfte, ihre Hausarbeiten machte, und ich fragte mich, warum unser böser, linker, bärtiger Deutschlehrer ausgerechnet mir ein Buch gegeben hatte, das *Flüchtlingsgespräche* hieß und so schrecklich langweilig war. Dann stand ich zum zweiten Mal an diesem Tag auf und hörte mir im Wohnzimmer laut – sehr laut – die Songs an, die ich bisher aufgenommen hatte, und danach erst setzte ich mich an den kleinen Schreibtisch, an dem ich mir immer die Knie stieß. Ich las ein paar Zeilen, aber plötzlich fiel mir ein, dass ich für Dima und mich kochen musste, und ich ging sofort wieder zurück ins Wohnzimmer, um meine Mutter in Hamburg anzurufen.

Irgendwann hielt ich die Langeweile und die Einsamkeit in Dimas Wohnung in Oerlikon nicht mehr aus, und ich rief Miloslav – oder Jaroslav – an. Das war zwei oder drei Tage nach dem Telefongespräch mit Lev, vielleicht war es aber noch später.

»Wir treffen uns um drei bei Ehe + Hygiene in der Kruggasse«, flüsterte Miloslav – oder Jaroslav – ins Telefon, nachdem er mir eine Weile geduldig zugehört hatte. Er kicherte wichtigtuerisch. »Man sagt, das ist der beste Sexshop der Stadt. Aber es ist auch der einzige.«

Als er dann ein paar Stunden später dort neben mir stand, sah er noch jünger und harmloser aus, als ich es in der Erinnerung hatte. Wir gingen von Regal zu Regal, wir stießen uns mit den Ellbogen verschwörerisch in die Seite, und er erklärte mir flüsternd, was man mit den Dingen, die hier verkauft wurden, machte. »Damit kannst du deinen Schwanz vergrößern«, sagte er und zeigte mir etwas, das ein bisschen wie eine durchsichtige Luftpumpe fürs Fahrrad aussah. »Und wenn du diese Dinger der Frau an die Brustwarzen klemmst, schreit sie vor Schmerz und fleht dich an, dass du sie wieder abmachen sollst, aber das meint sie nicht so.«

Ich nahm die beiden kurzen Ketten, an denen zwei kleine, schwere, glänzende Kugeln befestigt waren, wog sie vorsichtig in den Händen und legte sie schnell wieder zurück.

»Und das hier sind Vibratoren«, sagte er und deutete auf ein Regal, in dem lauter kleine und große Stäbe aus Metall und Plastik lagen. »Aber was das ist, weißt du bestimmt. Oder nicht?«

Er suchte sich einen besonders großen, weißen Plastikstab raus und ging damit zur Kasse. Der Verkäufer – ein alter, freundlicher Mann mit einem weißen Fünftagebart, dem die rechte Hand fehlte – guckte zuerst ihn an, dann mich, dann wieder ihn, und sagte schließlich wütend etwas auf Schweizerdeutsch. Miloslav zuckte fast unsichtbar zwei-, dreimal mit dem Kopf, es wirkte beinahe so, als wäre es irgendeine gefährliche Nervenkrankheit, dann zeigte der Verkäufer mit der gesunden Hand auch noch auf mich und sagte wieder irgendwas. »Scheiße, er hat gemerkt, dass du für den Laden noch viel zu jung bist«, sagte mein allwissender Sexlehrer auf Tschechisch zu mir, worauf der Alte plötzlich auch auf Tschechisch zu ihm sagte: »Und du nicht, du Hosenscheißer?! Raus hier, bevor ich die Polizei hole!«

Als wir uns hinterher auf die Brüstung einer der kurzen, wuchtigen, grob gepflasterten mittelalterlichen Limmatbrücken setzten, um ein Eis zu essen, sprachen wir zuerst beide lange kein Wort. Miloslav biss ernst und vorsichtig wie ein Kind die Schokoladenschicht von seinem Eis ab, ich beobachtete die meiste Zeit die Leute, die vorbeigingen, und fragte mich, ob nicht einer von ihnen vielleicht Onkel Lev war. Nein, ich hoffte es sogar, denn in Wahrheit war ich an diesem Tag vor allem wegen ihm nach Zürich gefahren, das war mir inzwischen klar geworden, und die Langeweile war gar nicht so sehr das Problem gewesen. Ich hatte ihn seit unserem Telefonat immer wieder angerufen, so wie er es mir gesagt hatte, also nur, wenn Dima nicht da war, aber er ging in seiner großen Villa am Zürichsee nie ans Telefon oder war verreist oder tot. Und jetzt saß ich also hier, in seiner Stadt, in der warmen, aber nicht mehr zu heißen, bräunlichen Augustsonne, und hielt Ausschau nach einem mittelalten, kleinen, kräftigen Mann, der wie mein Vater und Onkel Dima und der Tate, mein ermordeter Großvater, aussah, doch im Gegensatz zu ihnen blondes, fast rotes Haar hatte und feinere, aber zugleich bösere Gesichtszüge.

»Scheiße«, sagte Miloslav – oder Jaroslav – plötzlich. »Das ist so eine verfickte Scheiße!« Er warf den Stiel von seinem Eis ins Wasser und guckte ihm kurz hinterher, während er schnell davongetrieben wurde. »Glaubst du, ich wollte das Ding nur aus Spaß kaufen?«

Jetzt erst fiel mir auf, dass er seinen spärlichen Hussiten-Bart abrasiert hatte. Auch die lockige Hippiefrisur wirkte kürzer und ordentlicher als letztes Mal, und er hatte ganz neue, noch fast schneeweiße Adidas-Turnschuhe an.

»Welches Ding?«, sagte ich.

»Das Wichtigste ist«, sagte er, »keine Angst zu haben. Wenn du Angst hast, kannst du auch gleich zu Hause bleiben.«

»Okay«, sagte ich, obwohl ich kein Wort verstand. »Was meinst du?«

Hinter einer Gruppe von drei, vier älteren Frauen, die offenbar alle versuchten, unter weiten, hellen, bauschigen Kleidern ihre dicken Figuren zu verstecken, tauchte für eine halbe Sekunde ein vertrautes Gesicht auf. Diese freundlichen, herrischen Augen kannte ich, genauso wie diese hohe, dunkle Alleswisser-Stirn. Der Mann sah mich, so wie ich ihn, überrascht an. Aber dann war die halbe Sekunde auch schon vorbei, und er verschwand sofort wieder hinter den drei dicken Grazien. Ich schaute hektisch nach links und nach rechts, ich sprang von der Brüstung und machte ein paar Schritte in Richtung Limmatquai, und während ich enttäuscht stehen blieb und wieder zurückging, hörte ich, wie Miloslav sagte: »Ich hätte es ihr notfalls auch mit dem Vibrator besorgt, verstehst du, und weil ich wusste, dass ich einen Plan B hatte, wäre der Plan A sowieso aufgegangen …« Er tippte sich mit dem Zeigefinger gegen die Stirn. »Es entscheidet sich alles nur hier drin«, sagte er, »vor allem, wenn man es vorher noch nie gemacht hat.«

Als er das gesagt hatte, vergaß ich für einen Augenblick Onkel Lev, der vielleicht gar nicht Onkel Lev gewesen war. »Wie? Du hast noch nie gefickt?«

»Du etwa?«, sagte Miloslav. »Also gib nicht so an.«

»Nein«, sagte ich, »aber du kennst dich doch so gut aus. Und du bist viel älter.«

Ich setzte mich wieder neben ihn auf die von der Sonne aufgewärmte, raue Brüstung. Wir schwiegen kurz, und dann sagte er: »Ich ruf sie an und sag ihr einfach, dass ich heute nicht kann. Jetzt hab ich schon so lange darauf gewartet, dann ist es auch egal.« Und noch bevor ich etwas erwidern konnte, sagte er: »Und hast du schon etwas über den Mord an deinem Großvater rausgefunden?«

Aus der Menschenmenge, die sich in den letzten paar Sekunden ganz schnell an der Fußgängerampel am Limmatquai gesammelt hatte, löste sich ein kleiner, schlanker Mann mit einem großen, schönen Kopf und einem hellgrauen, engen, altmodischen Anzug. Er überquerte, ohne zu schauen, als Einziger bei Rot mit kleinen, entschlossenen Schritten die Straße.

»Ja«, sagte ich zu Miloslav, obwohl es überhaupt nicht stimmte. »Ja, ich hab schon sehr viel rausgefunden. Es ist fürchterlich! Es ist wie eine von diesen perversen, brutalen Geschichten aus der Bibel. Darum kann ich darüber auch nicht mit dir reden.«

Der Mann im hellgrauen Anzug drehte sich plötzlich um. Er hob den Arm und kniff die bösen Augen böse zusammen. Zuerst dachte ich, dass er mir zuwinkt, aber dann wurde mir klar, dass ihn wahrscheinlich die immer tiefer fallende Sonne blendete. Konnte es sein, dachte ich auf einmal, dass es ganz anders war – dass im Gegenteil Onkel Lev an Tates Tod schuld war und dass er darum vor uns allen weglief? War es möglich, dass alle in der Familie meiner Schwester und mir die Sache verschwiegen? Das fragte ich mich noch zweimal, noch dreimal, ich fragte es mich immer wütender und überzeugter, und dann beschloss ich, gleich heute Nachmittag Dimas Schreibtisch und die Schränke in seinem Arbeitszimmer zu durchwühlen. Vielleicht versteckte er dort etwas, das mir bei meiner Suche nach Tates wahrem Mörder weiterhelfen könnte. Und wenn ich nichts finden würde, dachte ich weiter, dann würde ich eben jedes einzelne seiner Bücher aus dem Regal nehmen und so lange schütteln, bis aus irgendeinem von ihnen ein vergessener Brief, eine vergessene Notiz rausflatterte, die mich auf die richtige Spur bringen würde.

Das einzige Foto, das ich von Onkel Lev kannte, zeigte ihn und seine drei Brüder 1947 oder 1948 in Prag, lange bevor Lev und Wladimir beschlossen hatten, wegen der Slánský-Affäre im Westen zu bleiben. Jeder hatte eine Zigarette im Mundwinkel und trug eine sehr revolutionär aussehende Schirmmütze schräg auf dem Kopf. Darunter hatte einer von ihnen auf Tschechisch geschrieben: »Alle für einen, aber nur einer für sich selbst.«

Jetzt wusste ich, von wem dieser Satz stammte.

Meine Cousine Ettie sah ein bisschen wie Dima aus – sie hatte wie er eine winzige senkrechte Einkerbung im vorstehenden Kinn, dichtes, fast krauses, schwarzes Haar und die gleichen kleinen, dunklen Augen –, und sie hatte auch schon ganz kleine Brüste und für eine Fünfzehnjährige einen ziemlich runden, weiblichen Arsch. Als wir uns in der engen, knallgelb gestrichenen Umkleidekabine des Schwimmbads in Leukerbad küssten, spürte ich trotzdem absolut nichts. Ich fuhr sogar mit der Hand von hinten in ihre Bikinihose, aber auch das war nicht so, wie ich es mir vorgestellt hatte. Auch Ettie fand es, glaube ich, nicht besonders aufregend, mit mir den Zungenkuss zu trainieren, obwohl es, wenn ich mich nicht irre, ihre Idee gewesen war. Wir versuchten es noch mal, und jetzt guckten wir uns dabei in die Augen, aber das machte es auch nicht besser. Schließlich hörten wir genauso unaufgeregt auf, wie wir angefangen hatten, und gingen wieder raus, auf die Liegewiese, wo Dima und Natalia zusammen auf der großen braunen Decke lagen, die Dima und ich aus Zürich mitgebracht hatten, vor diesen drei, vier unglaublich großen, sogar im August schneebedeckten, ziemlich furchteinflößenden Bergen.

»Du hättest dir deinen Anteil längst holen müssen«, hörte ich gerade noch Tante Natalia leise sagen, als Ettie und ich uns ihnen auf der großen, runden Wiese näherten, deren ausgebleichtes, ausgetretenes Gras mich an das Gras der Tennisplätze von Wimbledon erinnerte, die ich aus dem Fernsehen kannte. »Das hättest du schon in Prag machen sollen, so wie es dein Vater gesagt hat …«

Dima antwortete nicht.

»10 000 Dollar! Dann müssten wir uns jetzt auch nicht ständig übers Geld streiten. Warum hast du dich nie darum gekümmert?«

Ich packte Etties schmales, noch fast kindliches Handgelenk und sagte leise auf Tschechisch: »Bleib stehen.«

»Ja, okay«, sagte Ettie auch leise. »Wieso?«

»Ich muss hören, was sie reden.«

»Aber sie merken doch bestimmt, dass wir lauschen.«

»Nein. Dreh dich um und tu so, als ob dein Bikini aufgegangen ist. Und dann sag mir, dass ich dir helfen soll.«

Ettie drehte mir den Rücken zu und versuchte

zuerst selbst ziemlich auffällig und ungeschickt, ihr Bikini-Oberteil zu richten. Danach sollte ich es tun, und während ich mich übertrieben langsam und umständlich mit der Schließe beschäftigte, hörte ich, wie Dima in einem sogar für seine Verhältnisse wehleidigen Ton auf Tschechisch zu seiner Ex-Frau sagte: »Aber ich habe mich doch um meinen Anteil gekümmert, Natalia. Lev hat uns sofort aus Berlin zwei Singer-Maschinen geschickt, weißt du das nicht mehr? Das waren 5000 Kronen für jeden von uns, für Semjon und mich, nachdem wir sie verkauft hatten. Und es sollten noch viel mehr Maschinen kommen.«

»Sind sie aber nicht«, zischte Natalia.

»Ja«, flüsterte Dima, »weil ich ins Gefängnis musste.«

»Nein«, sagte Natalia, »weil du schon immer ein Idiot warst.« Dann blickte sie auf, sah, wie Ettie und ich unser kleines Bikini-Ballett aufführten, und rief zu uns herüber: »Ihr seid ja wirklich süß, ihr beiden! Aber vergesst nicht, Cousin und Cousine …«

Früher, das gab sogar meine Mutter zu, war Natalia eine der schönsten und am besten angezogenen Frauen von Prag gewesen. Und sie liebte alles, was mit Frankreich zu tun hatte. Sie zitierte, wenn sie nicht gerade auf die Russen, die Kommunisten und die arabischen Geldwechsler vom Wenzelsplatz schimpfte, Rousseau, Sartre und die Pariser Studentenführer, sie zeigte ihren Filmstudenten immer nur Filme von Godard und Truffaut und sagte, mehr könne sie ihnen auch nicht übers Kino beibringen. Und sie fuhr, so lange sie noch Dozentin an der FAMU war und beim tschechoslowakischen Filmverband arbeitete, jedes Jahr im Sommer nach Cannes zum Festival und im Herbst und im Frühjahr zu den Pariser Modenschauen und brachte von dort fast immer neue Kleider, Schuhe und Handtaschen zurück. »Ich weiß nicht«, sagte meine sonst so diplomatische Mutter, wenn sie auch noch Jahrzehnte später über Natalia herzog, »wie sie damals die ganzen Sachen bezahlen konnte. Mit Geld jedenfalls nicht.«

Das alles bekam ich, wie gesagt, erst sehr viel später mit. In Leukerbad, im Sommer 1975, kam mir die früher so mondäne Natalia Gelernter, die auch während der langen, traurigen Ehe mit Dima ihren Mädchennamen behielt, einfach nur wie eine ältere, müde und schon leicht grauhaarige Frau vor, die meist eine enge, altmodische Röhrenjeans und eine kurze Wildlederjacke mit Fransen anhatte – und die im Schwimmbad, also jetzt, einen viel zu engen Badeanzug mit einem viel zu tiefen Ausschnitt trug, in dem man sogar die runden, hellbraunen Schatten ihrer Brustwarzen erahnen konnte. Aber vielleicht täusche ich mich, vielleicht denke ich nur heute, dass sie in der Emigration ihren alten Prager Glanz verloren hatte, weil sie im Westen das Kino und die Modenschauen vergessen und bis zu ihrer Rente in Genf an der L'Université Populaire alten Frauen und gelangweilten Studenten Russisch- und Tschechischkurse geben musste.

»Ettie«, sagte Natalia plötzlich ganz ernst und

schlecht gelaunt zu ihrer Tochter und setzte sich schnell und resolut auf, »wir müssen noch einmal kurz ins Hotel, weil ich bezahlen muss. Und um zehn vor drei geht dann schon unser Zug nach Genf zurück. Ich habe heute Abend noch ein Seminar.« Sie sah Dima an, der aber gleichzeitig wegguckte, und es war nicht klar, ob das eine zufällige Bewegung war oder ob er absichtlich ihrem Blick ausweichen wollte. »Es sei denn«, sagte sie wieder zu Ettie, »dein Vater fährt uns direkt zum Bahnhof und erledigt später die Sache mit der Rechnung. Dann könnten wir alle noch bleiben. Und ihr beiden« – sie lächelte schmutzig – »könntet zum Beispiel noch ein bisschen zusammen schwimmen gehen oder so was Ähnliches. Aber passt besser auf als wir damals …« Jetzt guckte Dima sie doch an, er zog wieder das Hemd aus, das er bereits halb zugeknöpft hatte, und er sagte mit seiner resignierten Dima-Stimme: »Ja, okay. Es ist in Ordnung. Ja, das mache ich.«

Auf der Rückfahrt von Leukerbad nach Oerlikon schlief Onkel Dima beim Fahren einmal kurz ein. Wir waren zum Glück nicht mehr in den Bergen, sondern bereits auf der Autobahn, wo es kilometerweit geradeaus ging. Es war eben erst dunkel geworden, es regnete plötzlich ganz leicht, und auf einmal merkte ich, wie wir viel zu langsam fuhren und wie er immer wieder den Kopf nach hinten riss, so wie zu Hause abends vor dem Fernseher.

»Dima«, sagte ich erschrocken, »wach auf, du bist eingeschlafen!«

»Was schreist du denn?«, sagte er.

»Du hast geschlafen.«

»Nein, nein«, sagte er, »das kann nicht sein.«

Ich machte das Radio an. Zuerst kam *Crocodile Rock* von Elton John, dann *Midnight Rider* von den Allman Brothers und dann *Venus* von Shocking Blue, das meine Schwester und ich oft in Prag gehört hatten. Wir besaßen damals nur zwei West-Singles, *Venus* und *Je t'aime* von Serge Gainsbourg und Jane Birkin, und beide Platten hatte meine Schwester von ihrer französischen Brieffreundin Amélie bekommen. Amélie hatte sie irgendwann für sich selbst gekauft, aber ihre Eltern fanden sie zu unanständig, und so landeten sie bei uns. Immer wenn Jane Birkin anfing, am Ende von *Je t'aime* zu stöhnen, lachte ich aufgeregt, aber ahnungslos, und Jelena guckte ernst und verlegen. Und wenn wir *Venus* anmachten, sang ich laut mit, aber statt *Venus* benutzte ich ein anderes, ähnlich klingendes englisches Wort, das ich einmal in einem Erwachsenenfilm gehört hatte und dessen Bedeutung ich mit meinen sechs Jahren nur ahnte.

»She's got it«, summte ich jetzt leise in Dimas großem, schwarzen BMW mit, während Dima, der nun wieder ganz wach war, auf der rechten Spur über die nächtlich schwarze Autobahn raste, »yeah, baby, she's got it! Well I'm your penis, I'm your fire, at your desire!«

»Was singst du denn da?«, sagte Dima.

»I'm your penis, I'm your fire«, sagte ich grinsend, und plötzlich musste ich an das Prager Arbeitszimmer meines Vaters denken, wo damals unser Plattenspieler gestanden hatte. Dann fiel mir das schöne, breite, dänische Sofa ein, das meine Eltern noch kurz vor der Emigration bei Tuzex für ihn gekauft hatten und auf dem wir immer so gern lasen oder Musik hörten, wenn er nicht arbeiten musste. Es war mit diesem ganz weichen, schwarz-weiß karierten Stoff bezogen, der noch weicher war als unsere Decken- und Kissenbezüge, die Mama in den fünfziger Jahren aus Russland mitgebracht hatte. Vor allem aber konnte ich mich sehr gut an das riesige Selbstporträt von Fremund erinnern, das über dem dunkelblauen Kachelofen hing, gleich gegenüber von Papas Schreibtisch. Obwohl ich schon seit fast sechs Jahren das alte Arbeitszimmer meines Vaters nicht mehr betreten hatte, sah ich das Fremund-Bild jetzt genau vor mir. Ich sah den dicken, schwarzen, schwungvollen Pinselstrich, ich sah Fremunds sauber geschnittenen Beatnikbart und den altmodischen Binder, den er trug, und auf einmal wurde ich wahnsinnig wütend, weil ich dieses Bild nie wieder in echt sehen würde, denn es gehörte nun den Parteileuten, die inzwischen in unserer Wohnung lebten, so wie der Rest der Möbel und Bilder, die wir bei unserer Flucht zurücklassen mussten, und dann wurde ich noch wütender – auf die Erwachsenen, die uns nie gefragt hatten, ob wir überhaupt mit ihnen in den Westen fliehen wollten.

»Was meinte Tante Natalia vorhin?«, sagte ich plötzlich zu Dima. »Welches Geld sollst du dir zurückholen?«

»Ich weiß nicht, wovon du redest«, sagte Dima, aber er sah mich gleichzeitig erstaunt von der Seite an, das Lenkrad rutschte ihm dabei für eine halbe Sekunde aus den Händen, und wir kamen leicht von der Spur ab.

»Ihr habt im Schwimmbad darüber geredet.«

»Ach, so«, sagte Dima, während drei, vier Autos hupend an uns vorbeifuhren und er hektisch den Wagen wieder auf die richtige Spur lenkte, »ach, das meinst du. Nein, vergiss es, das ist nur so ein blödes Erwachsenenthema.« Er machte eine lange Pause. Schließlich sagte er: »Deine Tante Natalia ist ein sehr komplizierter Mensch, weißt du? Und sie liebt das Leben. Und die schönen Dinge. Und das kann sehr teuer werden.«

»Ja«, sagte ich, »das erzählt Mama auch immer.« Aber plötzlich wurde mir das Gespräch unangenehm, und ich drehte das Radio lauter. »David Bowie«, sagte ich. »Kennst du David Bowie, Onkel Dima?«

»Was glaubst du«, sagte Dima, »warum wir 1968, gleich nach der Okkupation, nach Kanada gegangen sind? Das war ihre Idee, und mit Politik hatte das wenig zu tun, glaub mir. Aber weil wir nicht in Montreal bleiben konnten und Quebec ihr zu provinziell war, wollte sie gleich wieder zurück nach Europa, irgendwohin, wo Französisch gesprochen wurde. Und wo man besonders viel Geld für Kleider und Essen ausgeben konnte.«

Im Radio sang jetzt David Bowie darüber, dass es

vielleicht Leben auf dem Mars gab und dass Mickey Mouse alt geworden war, und ich dachte, jetzt höre ich lieber auf, das will ich alles gar nicht wissen und hören. Doch dann sagte ich trotzdem in diesem groben, harten Ton, den ich, wie meine Mutter manchmal fast stolz erklärte, von meinem Vater hatte: »Das stimmt doch gar nicht! Du wolltest doch selbst immer weg. Und du hast sogar selbst deshalb lange im Gefängnis gesessen!« Und dort, dachte ich auch noch, ohne es auszusprechen, hast du deinen eigenen Vater verraten. Oder war es Lev? Oder wart ihr es beide?

»Mach das Radio aus«, sagte Dima jetzt auch in diesem groben, gebieterischen Familienton, den ich von ihm überhaupt nicht kannte, jedenfalls kommt es mir in der Erinnerung so vor. »Mach diesen amerikanischen Schwachsinn aus und hör mir ganz genau zu ...« Und dann erzählte er mir, wie er seit den fünfziger Jahren tatsächlich immer wieder davon geträumt hatte, in den Westen zu gehen, so wie seine beiden älteren Brüder Lev und Wladimir. Einmal wollte er in der Hohen Tatra über die grüne Grenze nach Polen wandern und mit falschen polnischen Papieren von Warschau nach Israel fliegen. Dann überlegte er – bevor die Deutschen ihre Mauer gebaut hatten –, ob er nicht lieber von Ostberlin einfach mit der S-Bahn nach Westberlin fahren sollte, aber der amerikanische Wirtschaftsattachée, der ihn, so wie vorher auch schon Großonkel Schia und Großtante Scharka, in seinem Diplomatenwagen in die DDR schmuggeln sollte, fiel am Tag davor in

Prag aus der Straßenbahn und wurde von einem LKW überfahren. »Ja«, sagte Dima, »und irgendwann hatte ich die Idee mit dem Flug über Albanien. Natürlich hatte ich Natalia nichts davon erzählt! Und weißt du warum, du kleiner, neugieriger Berija? Weil ich nicht vor Gottwald oder Novotný fliehen wollte – sondern vor ihr! Und vor dieser verdammten Familienhölle, in die wir uns zusammen verirrt hatten. Ich glaube, mein Plan ist nicht ganz aufgegangen, oder?«

Oh Gott, dachte ich, das will ich jetzt wirklich nicht mehr hören. Aber da sagte Dima auch schon: »Wenn du erwachsen wirst, wirst du verstehen, dass das Leben daraus besteht, immer nur das Gegenteil von dem zu tun, was man möchte. Und jetzt lass mich in Ruhe.«

»Wieso«, sagte ich leise, »wieso haben sie dich eigentlich damals am Flughafen in Prag erwischt, Onkel Dima? Jetzt sag schon. Wer hat dich verraten?«

Er antwortete nicht, und als ich ihn ansah, konnte ich im nächtlichen Halbdunkel unseres Wagens, das immer wieder von den Scheinwerfern der uns entgegenkommenden Autos durchschnitten wurde, erkennen, dass er weinte. Ein dünner, langer, glänzender Strich zog sich von oben nach unten über seine blauschwarze, schlecht rasierte, volle Wange – das weiß ich noch ziemlich genau.

Als ich dann endlich nachts um halb eins in Oerlikon in Etties kahlem Zimmer in ihrem viel zu schmalen Kinderbett lag und aufgewühlt die ewige orange Straßenlaterne anstarrte, hatte ich das Gespräch mit Dima fast schon vergessen. Ich dachte stattdessen daran, wie die merkwürdig zaghafte Ettie und ich vor der Abfahrt in Leukerbad noch mal zusammen schwimmen gegangen waren und wie wir uns im Wasser heimlich geküsst hatten und wie ich dabei etwas gespürt hatte – und das war mir jetzt auf einmal wahnsinnig peinlich.

Die graue, dünne Mappe, die ich am Tag nach dem Leukerbad-Ausflug gleich in der obersten Schublade von Onkel Dimas Schreibtisch fand, zusammen mit ein paar hässlichen, traurigen Sexzeitschriften, technischen Plänen und Bankunterlagen, hatte ich beim ersten Mal übersehen. Ich hatte Dimas Arbeitszimmer ja bereits einmal durchsucht, an dem Tag, an dem ich Lev in Zürich auf der Limmatbrücke gesehen hatte – oder auch nicht –, und ich war dabei auch schon bis zu den Magazinen gekommen. Aber nachdem ich zwei, drei davon durchgeblättert und darin fast nur alte, dicke Frauen mit übernatürlich großen Brüsten und grauen Haaren entdeckt hatte, legte ich die Hefte sofort wieder in die Schublade zurück und schob sie schnell zu.

Jetzt sah ich sicherheitshalber noch einmal unter den Zeitschriften nach. Zuerst kamen irgendwelche Credit-Suisse-Bankauszüge, dann waren dort, wenn ich mich nicht täusche, ein paar technische Zeichnungen von etwas, das wie eine riesige Patronenhülse oder ein anderes todbringendes Geschoss aussah, auf knisterndem, weißem, fast durchsichtigem Papier. Und ganz unten lag schließlich diese harte, dünne Mappe, deren deprimierendes amtliches Grau mich an unsere alten tschechischen Schulhefte erinnerte.

Kaum sah ich die Mappe, wusste ich sofort, dass ich endlich am Ziel war. Ich legte sie langsam und übervorsichtig auf Dimas Tisch, ich schob die schwere, dunkelrote IBM zur Seite, auf der Dima, wenn er nicht ins Büro musste, abends und am Wochenende seine Übersetzungen machte – also genauso wie mein Vater –, und dabei stieß ich ein deutsch-russisches Chemiewörterbuch vom Tisch, das mit einem lauten Knall auf den nackten Parkettboden fiel. Ich hob es ziemlich gedankenversunken auf, und ich merkte zwar, dass der Rücken des Wörterbuchs durch den Aufprall gebrochen war, aber das war mir jetzt völlig egal. Ich klappte den dicken, schweren, schmutzig-grünen Band, der vorher offen auf dem Tisch gelegen hatte, schnell zu und legte ihn irgendwohin, und später, als ich verwirrt, aufgeregt, aber auch leicht triumphierend aus Dimas Arbeitszimmer flüchtete, vergaß ich sogar, die Schreibmaschine wieder auf ihren alten Platz zu rücken.

Das Erste, was ich sah, als ich Dimas StB-Mappe aufmachte – was sonst sollte es sein? –, waren drei kleine, schwarz-weiße Fotos von Dima, als er noch jung war, eins von vorn, eins im Halbprofil, eins von der Seite. Ich kannte solche Fotos nur aus Filmen, es waren Polizeifotos. Dann blätterte ich um und entdeckte die Fotografien von sieben 100-Dollar-Noten, einmal wie Spielkarten aufgefächert, einmal zusammengerollt und halb in einer offenen Filmdose versteckt. Ich erinnerte mich daran, dass meine Eltern, wann immer sie über Dimas Fluchtversuch und Verhaftung am Prager Flughafen im Frühling 1960 redeten, genau siebenhundert Dollar erwähnten, diese Summe so laut und überdeutlich betonend wie eine mystische Zahl, und dass sie auch immer sagten, er habe sie in Filmdosen versteckt. Es stimmte also! Das konnte ich jetzt auf den Fotos des Innenministeriums deutlich erkennen. Und weil es stimmte, musste auch sonst alles wahr sein, was in den Verhörprotokollen und Geheimdienstberichten stand, die in Dimas geheimer Mappe nach den Fotos kamen. Jedenfalls dachte ich das, solange ich sie – aufgeregt und angewidert zugleich – las.

Gleich beim ersten Verhör gab Dima zu, dass er die ČSSR illegal über Albanien verlassen wollte. Er gab zu, dass er im Metallurgischen Institut, wo er arbeitete, heimlich Pläne und Formeln eines neuartigen Schmelzverfahrens abfotografiert hatte, um es zusammen mit seinem Bruder Lev, der in Westberlin lebte, nach seiner Flucht in Westdeutschland patentieren zu lassen und an Krupp zu verkaufen. Und er verriet dem Verhörbeamten, dass sein Vater ihm und den anderen drei Brüdern seit dem Ende des Kriegs immer wieder aus Moskau englische Pfund und US-Dollars schickte, die er aus illegalen Geschäften hatte. Dass die beiden älteren Brüder Lev und Wladimir auf der Flucht in den Westen 1952 fast 40 000 Dollar mitgenommen hatten, die ihnen aber nur halb gehörten, erzählte

Dima dem StB-Kommissar schließlich auch – und dass sein Vater, der Tate, beschlossen hatte, Lev und Wladimir müssten ihm und seinem jüngeren Bruder Semjon ihren Anteil wieder zurückgeben, indem sie ihnen aus dem Ausland Waren sandten – zum Beispiel Nähmaschinen oder Radios –, damit die sie dann in der ČSSR zu Geld machen konnten. »Lev hat Semjon und mir sofort zwei Singer-Maschinen geschickt, Natalia, weißt du das nicht mehr?«, hörte ich Dima auf der Wiese im Schwimmbad in Leukerbad sagen, während ich das las, ich lächelte und dachte, so ist es also, wenn man als Detektiv etwas herausfindet, was man vorher nur geahnt hatte – aber vielleicht stelle ich mir das jetzt auch nur so vor.

In einem späteren Verhör – da saß Dima schon ein paar Monate in Pankrác – versprach er, herauszufinden, ob ein gewisser Juraj, mit dem er die Zelle teilte, der Chef einer großen Schwarzhändler-Bande oder einfach nur ein kleiner Žižkover Säufer und Nichtsnutz war. Das glaubte ich beim Lesen sofort, das konnte ich mir ohne Probleme vorstellen, denn was sollte mein armer, lieber, schwacher Onkel Dima sonst tun, als mit den Sadisten von der Geheimpolizei zusammenzuarbeiten, also derselbe Dima, der vorher auch schon seinen eigenen Vater als Schwarz- und Devisenhändler an sie verraten und damit wahrscheinlich seinen Tod verschuldet hatte? Aber dann blätterte ich weiter, immer noch vor lauter Finderglück so eingebildet, falsch und maskenhaft lächelnd, dass es mir irgendwann bestimmt selbst auffiel, und plötzlich zog ich ein angerissenes Blatt aus dem kleinen Stapel, noch vergilbter und grauer als die vorherigen. Ich las die Überschrift: »Nachrichtendienstliche Meldung Nr. 45«. Ich sah das Datum: Februar oder März 1958. Und dann, glaube ich, hörte ich wirklich für ein paar Sekunden überrascht auf zu atmen.

Wie bitte? Wie konnte das sein? Wann wurde der Tate – mein Großvater – selbst das erste Mal in Moskau verhaftet?! Bis jetzt hatte ich, wenn ich nicht gerade Lev die Schuld an seinem Tod gab, immer gedacht, dass er nach Dimas lächerlichem Fluchtversuch dem KGB in die Hände gefallen war, weil Dima ihn denunziert hatte, und dass meine Mutter meiner Schwester und mir irgendwann einmal erzählt hatte, der Tate sei schon Monate vorher festgenommen worden, habe ich ihr nie geglaubt, bestimmt wollte sie nur von Dimas biblischer Schuld ablenken.

Aber hier stand noch etwas ganz anderes: Schmil Biller, mein Großvater, der Vater von Semjon, Dima, Lev und Wladimir, wurde schon zwei Jahre vorher, im Winter 1958, auf dem Flughafen Wnukowo in Moskau erwischt, weil er 400 englische Pfund, drei goldene Armbanduhren von Omega, IWC und Doxa sowie die handschriftlichen Pläne zweier Moskauer Straßen dabeihatte, in denen sich angeblich mehrere geheime unterirdische militärische Objekte befanden. »Schmil Biller wurde an der Ausreise in die ČSSR gehindert«, endete die Meldung Nr. 45, die in Dimas geheimnisvoller Mappe lag, »alle Gegenstände einschließlich der Straßenpläne wurden eingezogen, und der Verdächtige wurde nachrichtendienstlich erfasst.« Nachrichtendienstlich erfasst? Was hieß das? War der Tate an diesem schrecklichen Tag ein KGB-Spitzel geworden? Und hatte er zweieinhalb Jahre später vielleicht sogar seinen Sohn Dima an die Geheimdienstleute verkauft, als der über Albanien in den Westen fliehen wollte, um so, natürlich vergeblich, sein eigenes Leben zu retten?

Ich atmete jetzt wieder kurz weiter – aber nur kurz –, ich dachte, ach so, darum hat Onkel Dima auf der Rückfahrt von Leukerbad im Auto geweint, als ich von ihm wissen wollte, wem er damals die fünf Jahre Gefängnis zu verdanken hatte. Und dann dachte ich plötzlich – heute weiß ich erst wirklich, wieso – an mein langweiliges Brecht-Buch und an den Satz, den ich dort, bevor ich Dimas Arbeitszimmer zu durchwühlen begann, an diesem Nachmittag gelesen hatte: »Ich glaube von jedem Menschen das Schlechteste, selbst von mir, und ich habe mich noch selten getäuscht.« Gleichzeitig fiel mir unser böser, strenger, hilfloser Deutschlehrer ein, der nicht viel älter war als der schüchterne, versaute Miloslav – oder Jaroslav –, und ich erinnerte mich an die widerliche, vollgestopfte, grüne Militärtasche, die er immer dabeihatte. Ich sah den viel zu großen, grünen, speckigen Militärparka vor mir, den er im Unterricht praktisch nie auszog, ich dachte, warum guckt er mich eigentlich immer so hasserfüllt an, warum schreit er jedes Mal los, wenn ich etwas sage – und dann blätterte ich um und stieß in Dimas StB-Akte auf eine weitere seltsame Stelle.

Wir waren jetzt im Jahr 1964, Dezember, es war ein Tag vor Weihnachten, und Dima hatte nur noch fünf Monate, bis er rauskommen würde. Unter der Überschrift »Aktion Bruder« hatte der Verhörbeamte – Major Stejskal oder Stibor oder so ähnlich – in Pankrác notiert, was er Dima an diesem Tag vorgeschlagen hatte: Dima sollte nach seiner Freilassung wieder Kontakt mit seinem Bruder Lev in Westberlin aufnehmen. Er sollte Lev schreiben, dass er sich so bald wie möglich mit ihm treffen müsste, um ihm etwas sehr Wichtiges zu übergeben – die Fotos aus dem Metallurgischen Institut natürlich, was sonst –, und dass er ihn bitte, nach Ostberlin zu kommen, denn er dürfe nicht in den Westen. »In Ostberlin«, schloss der Major seinen Bericht, »wird der Republikflüchtling und zionistische Agent Lev Biller dann von den DDR-Genossen festgenommen und später an unsere Behörden überstellt. Die Aktion Bruder muss aber vorher noch mit den sowjetischen Genossen abgesprochen werden. Der Vorgang wurde eingeleitet.«

Kurva, dachte ich schon wieder vollkommen entsetzt und überrascht und auf Tschechisch. Hatte der arme, liebe, schwache Dima das dann auch wirklich gemacht? Und wenn ja, was hat er dafür gekriegt? Die große, helle Dreizimmer-Wohnung in Vršovice vielleicht, mit Blick auf die schönen, zugewachsenen

Weinberge der Grébovka, in der er mit Natalia und der ungewollten Ettie bis zu ihrer Emigration gewohnt hatte? Moment, dachte ich, es ist ja offenbar nie etwas passiert, denn sonst wäre Lev jetzt nicht einer der reichsten Männer von Zürich. Fanden die sowjetischen Genossen die Aktion Bruder etwa so lächerlich wie einen amerikanischen Agentenfilm und haben nie auf die Anfrage aus Prag reagiert? Oder – auch eine Möglichkeit – hat Dima selbst zu dem Komplott gegen seinen Bruder Nein gesagt? In meinem Kopf brummte und rauschte es plötzlich, ich schwitzte und mir war kalt, aber ich konnte nicht aufhören weiterzugrübeln. Oder, dachte ich, hat Lev vorher von der Falle, in die er vom eigenen Bruder gelockt werden sollte, erfahren? Schließlich kannte er als ehemaliger tschechoslowakischer Diplomat immer noch genug wichtige Leute zu Hause, und es konnte sein, dass einer von ihnen ihn gewarnt hatte. Hat er darum danach den Kontakt zu Dima und dem Rest der Familie abgebrochen? Und wie, verdammt noch mal – und jetzt bekam ich von diesem ganzen stalinistischen Irrsinn richtige Kopfschmerzen –, wie hing eigentlich die Aktion Bruder mit der Verhaftung des Taten am Moskauer Flughafen zusammen? Hatte Lev vielleicht wirklich, so ähnlich wie ich mir das bei meinem ersten und ziemlich erfolglosen Zürich-Ausflug überlegt hatte, 1958 den Taten vom Westen aus denunziert, damit der aufhörte, ihn und Wladimir an die gestohlenen 40 000 Dollar zu erinnern?

Nein, nein, nein! Es war einfach zum Verrücktwerden! Ich saß – die nasse, kalte, schmerzende Stirn auf eine Hand gestützt, die andere Hand zwischen die fest zusammengedrückten Knie geschoben – an Dimas Schreibtisch und spielte immer weiter alle möglichen und unmöglichen Varianten von Verrat und Diebstahl und Mord durch, die mir einfielen, während ich die Notiz zur Aktion Bruder nun schon zum dritten oder vierten Mal las. Und weil mir davon immer schlechter wurde, hoffte ich für einen Moment, dass das meiste von dem, was in Dimas StB-Mappe stand, ohnehin nur die Erfindungen bösartiger, unterbeschäftigter Geheimdienstleute waren, die mich mit ihrer widerlichen Tschekisten-Fantasie offenbar längst angesteckt hatten. Hatte ich nicht eben erst in einem anderen Bericht den absurden, lächerlichen Satz gelesen, mein Vater helfe den tschechoslowakischen Behörden dabei, die von Lev und Wladimir entwendeten Devisen in die ČSSR zurückzuholen, und dabei so peinlich und laut gelacht, wie man nur lacht, wenn man allein ist und seinen eigenen Zweifeln nicht glaubt? Und was, dachte ich jetzt, obwohl ich es gar nicht denken wollte, wenn es doch stimmte?

Und plötzlich – dieses starke, klammernde, dunkle Gefühl habe ich nicht vergessen – schämte ich mich. Ja, Onkel Dima hatte recht. Ich war ein kleiner, gemeiner Berija, ein Besserwisser, ein eingebildeter, ahnungsloser Teenager, dessen größte Sorge es war, dass er von seinem Vater nicht beim Rauchen erwischt wurde und dass seine Mutter nicht die Taschentücher unter seinem Bett fand, mit denen er sich nach dem Onanieren abwischte und die er dort regelmäßig vergaß. Was hätte ich, dachte ich, damals eigentlich an Dimas Stelle oder an der Stelle meiner Eltern getan? Wäre ich geblieben, wäre ich geflohen, hätte ich selbst meine engsten Freunde und Verwandten verraten, wenn die Kommunisten mich erwischt hätten? Das fragte ich mich absolut ernsthaft, so ernsthaft, wie ich mich mit meinen fünfzehn Jahren wahrscheinlich noch nie etwas gefragt hatte. Und dann, angewidert und beschämt, machte ich – obwohl ich noch immer nicht alles durchgesehen hatte – Dimas harte, traurige, graue Geheimmappe wieder zu. Ich schob sie in die Schreibtischschublade zurück, ich legte seine Waffenskizzen und Bankauszüge und Sexzeitschriften drauf, und während ich langsam und nachdenklich die Schublade schloss, hörte ich plötzlich, wie Onkel Dima – laut und ungeschickt wie immer – mit dem Schlüssel von außen in der Wohnungstür stocherte.

Ich sprang panisch auf, rannte aus dem Arbeitszimmer, setzte mich an Etties kleinen Kinderschreibtisch und klappte zum zweiten Mal an diesem Tag Brechts *Flüchtlingsgespräche* auf. »Es gibt schlechten und es gibt guten Verrat«, war der erste Satz, den ich las.

Der einzige lange Spielfilm, den Tante Natalia – noch in der ČSSR – gedreht hatte, hieß *Hanka Zweigová*. Er handelte von einer schönen, jungen, etwas zu jüdisch aussehenden Jüdin, die zuerst in einem Kloster bei Brünn und dann auch in Theresienstadt den Krieg als Letzte ihrer Familie überlebt hatte und nun mit ihrer Schönheit und ihrer unerklärlichen Leichtigkeit die jungen Prager Männer verrückt machte. Natalia hatte für *Hanka Zweigová* 1967 den Spezialpreis der Jury beim Filmfestival in Karlsbad bekommen. 1968 gewann sie sogar in Locarno den Pardo d'oro, den sie sich aber mit Louis Malle teilen musste, und wahrscheinlich geriet darum ihr Film bald wieder in Vergessenheit. Außerdem redeten damals alle, wenn es um die tschechische Nouvelle Vague der Sechziger ging, ohnehin nur über Forman, Menzel und Chytilová, und überhaupt war es ein Wunder, dass wenigstens ein paar Jahre lang die Kritiker der Cahiers du Cinéma und des New Yorker bemerkten, dass nicht nur in Paris, in Hollywood und in der Cinecittà Filme gedreht wurden.

Ab und zu kam Natalias Film aber noch im Fernsehen. Ich hatte ihn schon zwei Mal in Hamburg gesehen, auf Deutsch, immer an einem Sonntagnachmittag, und ausgerechnet an dem Tag, an dem ich Dimas geheimnisvolle StB-Akte gefunden hatte, lief er abends im schweizerisch-französischen Programm, auf Tschechisch, mit französischen und deutschen Untertiteln. Dima wollte zuerst den Film mit mir gucken, und ich hatte auch nicht das Gefühl, dass ihm daran irgendwas unangenehm wäre. Nachdem wir aufgegessen hatten – ich glaube, ich hatte für uns das Kalbsragout mit

Kartoffeln und Zwiebeln aufgewärmt, das wir auch schon am Abend vorher gegessen hatten –, lehnte er sich auf dem großen, weißen Wohnzimmersofa bequem und gut gelaunt zurück. Er legte die Füße auf den Glastisch und verschränkte die Hände hinter dem Kopf, aber drei Minuten später war er bereits eingeschlafen. Als er aufwachte, lag Hanka Zweigová gerade im Bett mit einem ihrer vielen jungen Prager Liebhaber und erklärte ihm – während er ihr mit dem Finger über die lange, nackte, geschwungene Linie ihrer Hüfte strich –, dass sie nur mit jemandem ein Kind haben wollte, dem es egal sei, was früher gewesen war. »Ja«, sagte Dima laut gähnend und auch ein bisschen gelangweilt zu mir, »das hat deine Tante auch immer zu mir gesagt. Und zu deinem Vater bestimmt auch. Und was waren ihre Worte wert?« Dann stand er auf und ging in sein Arbeitszimmer, aber es dauerte ziemlich lange, bis ich endlich das metallische Rumpeln seiner Schreibmaschine hörte.

Nach ungefähr der Hälfte des Films hatte Hanka Zweigová bereits mit ihrem vierten Prager Liebhaber Schluss gemacht. Dabei lachte sie auf diese völlig unpassende, exaltierte Sechziger-Jahre-Art, obwohl sie auch ein bisschen weinte, und plötzlich erinnerte ich mich daran, was meine Mutter immer über Natalia erzählte. Natalia war während des Kriegs in mehreren Konzentrationslagern gewesen. Den Todesmarsch von Auschwitz nach Thüringen hatte sie auch überlebt, bei dem sie irgendwann einfach vergaß, dass ihre jüngere

Schwester neben ihr durch halb Deutschland taumelte, und als sie sich schließlich umdrehte, war die Schwester weg, und zwar für immer. Natalias Eltern waren, dachte ich damals, in Auschwitz umgekommen, und so war sie nach dem Krieg mit ihren achtzehn Jahren genauso wie ihre halb vergessene Filmheldin allein geblieben. Dass sie trotzdem – so wie Hanka Zweigová – früher in Prag immer nur lachte und lächelte und nie mit jemandem stritt, dass sie jedem Mann das Gefühl gab, sie würde sofort mit ihm schlafen, wenn sie nicht zufällig schon mit dem lächerlichen Dima verheiratet wäre, dass sie beim Reden ihre glatten, langen, rotblonden Haare ständig wie ein Filmstar zurückwarf, was bei ihr auch noch besonders gut aussah, dass sie, wann immer meine Eltern und Dima und sie zusammen waren, auf unerklärliche Weise im Mittelpunkt aller Unterhaltungen stand – dass sie, kurzum, immer so unerträglich fröhlich war, konnte meine Mutter nicht verstehen. »Wie kann jemand, der in einem Hitler-Lager war, hinterher immer noch so gut gelaunt sein und ständig an Sex denken?«, sagte Mama, die selbst nie Gefangene in einem KZ oder in einem Gulag gewesen ist und den Krieg weit weg im asiatischen Teil der Sowjetunion erlebt hatte. »Hat es ihr dort vielleicht gefallen?«

So sprach Mama schon immer über Natalia, auch als meine Schwester und ich noch ganz klein waren. Sie tat es oft in unserer Gegenwart, natürlich vor allem, wenn sie und mein Vater Streit hatten, egal, ob es gerade um Natalia ging oder um etwas ganz anderes. Die schlimmste Natalia-Szene hatte ich einmal in Prag erlebt, als sie Papa vorwarf, dass er mit Natalia einen ganzen Abend allein im Café Slavia verbracht hatte. »Meinst du«, schrie sie ihn an, »ich weiß nicht, dass ihr damals nur deshalb nicht geheiratet habt, weil Madame Potifar keine Kinder wollte?« Worauf mein Vater noch lauter zurückschrie: »Ja – schade! Wirklich, verdammt schade! Dann hätte ich dich nie kennengelernt, du blöde, eifersüchtige Kuh!« Ich glaube, das war in der Zeit, als Dima aus dem Gefängnis entlassen worden war und ein paar Tage bei uns wohnte, weil Natalia ihn zuerst nicht nach Hause lassen wollte, aber sicher bin ich mir nicht. Sicher bin ich mir nur, dass meine Mutter eines Tages – wir lebten schon seit zwei, drei Jahren in Hamburg, Dima und Natalia wohnten noch mit Ettie in Montreal in einer Einzimmer-Sozialwohnung in der heruntergekommenen St. Urbain Street – neben mir den Briefkasten öffnete, und als sie dort einen Brief aus Kanada fand, zischte sie: »Ach, schreibt uns die Schlange endlich mal wieder? Ist es ihr am Nordpol zu kalt? Ist ihr vielleicht die gute Laune vergangen?«

»Man sagt«, sagte Hanka Zweigová am Ende von Natalias einzigem Spielfilm zu ihrem Arzt, während sie nach einer Untersuchung noch immer in ihrem weiten, gerade fallenden, weißen Unterrock vor ihm saß, »dass nichts schlimmer ist, als wenn die Kinder vor ihren Eltern sterben. Das verstehe ich nicht, Herr

Doktor. Ich halte es nicht aus, dass ich immer noch da bin und Maminka und Tatínek weg sind.« Kurz darauf sprang sie aus dem vierten Stock ihres Vinohrader Mädchenwohnheims, und während die Kamera, zu einer merkwürdig beschwingten, süßen Musik wie in einem Barrandov-Kinderfilm, von oben ihren verdrehten Körper umkreiste und das tschechische Wort »Konec« – Ende – eingeblendet wurde, fragte ich mich, ob sich Tante Natalia vielleicht auch noch eines Tages wie ihre Filmheldin aus irgendeinem Fenster fallen lassen würde. Einen besonders glücklichen Eindruck hatte sie in Leukerbad auf mich jedenfalls nicht gemacht.

»Und, endlich zu Ende?«, sagte Onkel Dima, der plötzlich wieder im Wohnzimmer neben dem großen, weißen Sofa stand. »Was für ein Kitsch! Aber in Rudé Právo haben sie damals darüber so begeistert geschrieben, als wär's wer weiß was für eine große Kunst!«

Ich fuhr mir mit der Hand über meine auf einmal ganz kalte, nasse Stirn und sagte nichts.

»Was ist mit dir?«

»Ich glaube, mir ist übel.«

»Übertreib nicht, so schlecht ist der Film auch wieder nicht.«

Ich versuchte zu lächeln.

»Weißt du, was sie früher auch noch in Rudé Právo geschrieben haben?«

»Nein.«

»Dass der feindliche Spion überall lauert, sogar in

der eigenen Familie. Und dass man deshalb immer wachsam sein muss.«

Während er das sagte, rollte Onkel Dima hilflos, aber auch irgendwie böse die Augen hinter seiner schweren, schwarzen Brille hin und her, er machte einen Schritt auf mich zu, und ich wich erschrocken zurück. Er legte die Hand auf meine Stirn – sie fühlte sich genauso warm und stark an wie die Hand meines Vaters, war aber viel kleiner – und sagte: »Du hast Fieber. Und ich glaube, du bist ein bisschen durcheinander. Naja, das wäre ich an deiner Stelle jetzt wahrscheinlich auch.«

»Ich bin nicht durcheinander«, sagte ich. Gleichzeitig merkte ich, dass die Kopfschmerzen, die ich am Nachmittag beim Lesen von Dimas StB-Akte gehabt hatte, mit einem einzigen kräftigen Schub wiederkamen. Nun tat mir aber nicht nur der Kopf weh, es war der ganze Körper. Ich spürte meine Haut überall, an den Beinen, an den Armen, und als ich aufstehen wollte, musste ich mich gleich wieder setzen. Ich schaffte es erst beim zweiten Mal hochzukommen, und spätestens jetzt war ich wirklich ein bisschen verwirrt, denn ich verstand absolut nicht, was mit mir los war. »Du solltest ins Bett gehen«, sagte Dima, ohne sich weiter um mich zu kümmern. Er drehte sich schnell um und ging mit seinem schweren, schaukelnden Gang wieder zurück in sein Arbeitszimmer.

Nachdem ich in Etties viel zu kurzes Bett gefallen war und die rote Nachttischlampe ausgemacht hatte, überlegte ich eine Weile, ob Natalias Film wirklich so schlecht war, wie Dima meinte. Wahrscheinlich bin ich zu jung, um das zu verstehen, dachte ich. Ich fragte mich wieder, wie schon während des Films, warum Hanka Zweigová nur mit jemandem Kinder haben wollte, dem es egal war, was im Krieg mit den Juden passiert ist – oder hatte sie genau das Gegenteil gesagt? –, aber ich hatte auch jetzt keine Anwort auf diese Frage. Und dann fiel mir plötzlich ein, keine Ahnung wieso, dass ich früher als Kind in Prag immer Angst gehabt hatte, mein ganzes Leben sei eine Geschichte, die Spejbl seinem Sohn Hurvínek zum Einschlafen vorlas, und dass Spejbl eines Tages das Buch mit meiner Geschichte zumachen und mein Leben dadurch zu Ende gehen würde. Irgendwann war ich natürlich zu groß, um an diesen Unsinn zu glauben, aber als wir dann 1970 von Prag nach Hamburg umgezogen waren – was in Wahrheit eine von meinem Vater perfekt organisierte, gefährliche Flucht in den Westen war –, kam es mir anfangs oft tatsächlich so vor, als hätte Spejbl das Buch meines Lebens zugeschlagen. Daran änderte auch nichts, dass ich nach unserer Emigration noch viele Jahre nur tschechische Bücher las, auf Tschechisch meine ersten kleinen Geschichten schrieb und jede Woche ungeduldig darauf wartete, dass meine alten Kinderzeitschriften Ohníček und ABC in unserem Hamburger Briefkasten steckten, die man rätselhafterweise auch als das böse Kind böser Republikflüchtlinge abonnieren konnte.

»Du hättest wenigstens mein Chemiewörterbuch wieder dort hinlegen können, wo es vorher gelegen hat«, hörte ich plötzlich Onkel Dima sagen. »Wirklich schade, dass es jetzt kaputt ist. Und die Schreibmaschine steht links auf dem Tisch, nicht rechts, wenn ich sie nicht benutze. Und das Gummiband ziehe ich immer quer über die Akte, nicht von oben nach unten.«

Ich war offenbar eingeschlafen, denn ich hatte gar nicht bemerkt, wie Dima ins Zimmer gekommen war. Ich setzte mich leicht auf, aber mir war immer noch schlecht und jetzt auch ein bisschen schwindlig, und darum blieb ich lieber liegen. Ich sah mich selbst, wie ich reglos, aber auch ziemlich unbeteiligt dalag, der feindliche Spion in der eigenen Familie, der beim Spionieren erwischt wurde, und dass ich jetzt trotzdem keine Angst vor Dima hatte, ließ mich sofort an meinen Vater denken. Hätte er herausgefunden, dass ich seine Papiere oder was auch immer durchsucht hatte, hätte er mich prügelnd und schreiend von Zimmer zu Zimmer unserer Wohnung gejagt und danach wochenlang nicht mit mir geredet.

»So, so«, sagte Dima und setzte sich zu mir aufs Bett, »jetzt glaubst du bestimmt, dass du über alles Bescheid weißt. Richtig?«

»Nein«, sagte ich. »Nein, überhaupt nicht.«

»Guck ihn dir an«, sagte er, und obwohl es in Etties Zimmer so dunkel war wie auf der nächtlichen Straße und das kalte, orangefarbene Licht der Straßenlaterne nur von hinten auf Dimas großen Kopf und kleinen runden Rücken fiel, konnte ich erkennen, dass er die Mundwinkel zu einem bitteren, verlorenen, künstlichen Lächeln hochzog. »Guck ihn dir an … So jung und schon so klug!«

»Ich wollte nur wissen, was mit dem Taten war, Onkel Dima. Es tut mir leid, Onkel Dima! Aber jeder erzählt mir etwas anderes – oder gar nichts.«

»Und weißt du es jetzt?«

Ich antwortete nicht und dachte, bitte, jetzt nicht wieder heulen, so wie auf der Fahrt von Leukerbad nach Oerlikon zurück. Doch statt zu weinen, starrte Dima einfach nur an mir vorbei, und ich stellte mir vor, wie er mit dem Blick ein kleines, tiefes, glühendrotes Loch neben mich in die Wand bohrte. Wir schwiegen länger, als man schweigen sollte, wenn man miteinander etwas Wichtiges besprechen will, aber es war auch kein unangenehmes Schweigen, und irgendwann sagte ich: »Darf ich trotzdem noch etwas fragen?«

»Nein.«

»Wieso besitzt du eigentlich deine eigene Akte, Onkel Dima? Wie ist so etwas möglich?«

Dima starrte weiter die Wand neben mir an, aber dann bohrte er sich plötzlich mit seinen kleinen, schwarzen Augen in meine Augen und sagte langsam: »Es gibt nur zwei Arten von Menschen, verstehst du? Es gibt Menschen, die eigentlich immer oben sind, so wie die großen Politiker, so wie dieser brasilianische Präsident, den wir neulich im Fernsehen gesehen haben, oder de Gaulle oder Breschnew oder dein Vater, und hoffentlich wirst du auch so jemand werden. Und es gibt Menschen, die ihr Leben meist unten verbringen. Ich weiß, was du jetzt denkst – dass es nur darum geht, genug Willen zu haben, um das zu kriegen, was man will. Nein, das hast du nicht gedacht, dafür bist du noch zu jung, aber viele denken das, und es stimmt trotzdem nicht! Weißt du, wie oft ich etwas wollte? Und weißt du, wie oft ich es bekommen habe? Ich wollte früher in Moskau beim Essen wenigstens einmal neben dem Taten sitzen. Aber das durfte ich nicht, egal, wie oft ich ihn angefleht habe, er schickte mich jedes Mal auf die andere Seite des Tischs zu den Kleinen. Ich wollte Erfinder werden, aber ich wurde nur ein kleiner Ingenieur und technischer Übersetzer. Ich wollte nach Westberlin fliehen, aber ich schaffte es nur bis Pankrác. Und ausgerechnet das, verdammte Scheiße, was ich nicht wollte, kriegte ich: Ich wollte kein Spitzel sein, ich wollte kein Vater sein, ich wollte nie deine Tante heiraten … Weißt du, warum sie und ich geheiratet haben?«

Ich sagte nichts, verzog aber so angewidert, wie nur Teenager das können, das Gesicht, und als mir das bewusst wurde, hoffte ich, dass Dima es im nächtlichen Zwielicht des Kinderzimmers nicht gesehen hatte.

»Weil sie es wollte, nicht ich«, sagte Dima. »Weil sie eigentlich deinen Vater wollte, aber nicht bekommen hatte, denn er war noch stärker als sie. Und dann ist sie mit mir dreimal in den Filmklub gegangen und hat ihre teuersten französischen Schuhe und Kleider angezogen, und schon war ich erledigt.«

»Onkel Dima …«

»Natalia, verstehst du«, sagte er leise. »Sie hat meine Akte von ihren Freunden aus dem Innenministerium in Prag bekommen. Sie wollte Geld von mir dafür. Und sie will immer mehr. Auch jetzt wieder in Leukerbad hat sie gesagt, sie könnte einfach den anderen Emigranten alles erzählen, dafür bräuchte sie meine Akte gar nicht. Ein kleines Gerücht würde reichen, und danach würde nie wieder jemand von den Leuten hier mit mir reden. Die schöne, elegante Natalia Gelernter möchte eben auch am liebsten immer nur oben sein.«

»Erpresst sie dich?«

»Das ist nicht die Frage. Die Frage ist: Wirst du mich erpressen?«

»Was? Nein. Natürlich nicht …« Ich versuchte, mich noch ein bisschen mehr aufzurichten, aber es ging nicht, und ich sackte wieder zurück. Dima legte wie vorhin seine kleine, kräftige Hand auf meine Stirn, diese proletarische, jüdische Hand, die mir auf einmal wie die Hand eines echten Straßenarbeiters vorkam, der jeden Tag Sand schaufelt und Steine herumschleppt, und diesmal wich ich nicht zurück, schon deshalb nicht, weil ich keine Kraft dazu hatte. Darum konnte ich auch ganz aus der Nähe erkennen, wie aus Dimas starrem Grinsen alles Beleidigte verschwand.

Trotzdem blieben die hochgezogenen Mundwinkel wie eingefroren.

»Kein Fieber«, sagte er. »Aber du bist kalt wie ein Eisblock.« Er stand vom Bett auf, blieb stehen, dachte kurz über etwas nach, und dann sagte er: »Also gut, du kleiner, ungeschickter Jeschow, jetzt weißt du über alles Bescheid! Jetzt weißt du, warum Lev nicht mehr mit uns redet, warum ich ins Gefängnis musste und dass ich nicht an Tates Tod schuld bin. Und jetzt weißt du auch, dass ich kein besonders erfolgreicher StB-Spitzel war. Nein, nicht einmal das ...« Dann machte er – eine kleine, kräftige, schwarze Gestalt im matten Widerschein des Flurlichts – ein paar Schritte in Richtung Tür, blieb wieder stehen und flüsterte, ohne sich umzudrehen: »Du darfst wirklich nie jemandem erzählen, was du in meinem Schreibtisch gefunden hast. Versprochen?«

»Meinst du die Sexhefte?«, sagte ich.

»Ja«, sagte er und lachte. »Genau ...«

»Versprochen.«

Kurz darauf hörte ich aus Dimas Arbeitszimmer wieder das laute, hämmernde Geräusch seiner Schreibmaschine. Er schrieb langsamer als sonst, stockender, unentschlossener, er machte auch viel mehr Pausen, und bevor ich nach diesem schrecklichen Tag endlich einschlief, öffnete ich noch einmal kurz die Augen und erkannte in Etties halb leerem Bücherregal einen Spejbl-und-Hurvínek-Bildband, aber es war eine deutsche Ausgabe.

Nie wieder, dachte ich, will ich ein Familiengeheimnis wissen, nie wieder will ich in fremden Schubladen kramen.

»Nicht schlecht, und dann auch noch mit deiner eigenen Cousine«, sagte Miloslav – oder Jaroslav – anerkennend.

»Sie hat sich zuerst ein bisschen gewehrt«, sagte ich.

»Super!«

»Aber dann hab ich sie trotzdem geküsst. Und ich hab ihre Brüste angefasst. Und ihre Beine.«

»Hast du ihr auch den Finger reingesteckt?«

»Ja«, log ich.

»Und hast du hinterher daran gerochen?«

»Nein – sie ist doch meine Cousine.«

»Eben, du Anfänger!«

Miloslav – oder Jaroslav – und ich saßen wieder auf unserer Brücke in Zürich und schauten gelangweilt den Leuten hinterher und rauchten. Eigentlich rauchte nur er, aber manchmal gab er mir seine Zigarette. Ich nahm einen Zug und dachte, wenn ich erwachsen bin, rauche ich jeden Tag mindestens eine Schachtel am Tag wie mein Vater, und natürlich wird meine Marke Rothmans sein, so wie seine.

Als wir zwei Stunden vorher vor Levs Haus gestanden hatten, hatten wir auch geraucht. Wir versteckten uns hinter einem VW-Bus, der von außen mit lauter großen gelben und roten Blumen bemalt war und einen durchgestochenen Reifen hatte, und warteten darauf, dass jemand aus dem Haus kam oder reinging. Irgendwann sagte Miloslav – oder Jaroslav –, der mich selbst dazu überredet hatte, im Telefonbuch Levs Adresse rauszusuchen, dass er keine Lust mehr hätte, darauf zu warten, bis mein Onkel auftauchte, denn er würde sowieso nicht mit mir reden, und wir gingen wieder zur Straßenbahn und fuhren zurück in die Innenstadt. In der Straßenbahn überlegte ich, ob ich am Abend Dima erzählen sollte, dass Lev gar keine große, weiße Villa am See hatte, sondern offenbar nur die Hälfte von einem ohnehin schon schmalen, völlig schmucklosen, grau verputzten Haus in einem lauten, staubigen Industrieviertel bewohnte, direkt an einer vierspurigen Hauptstraße, eingezwängt zwischen zwei genauso armselig aussehenden Häusern. Aber dann dachte ich, nein, besser nicht, sonst fragt mich Dima noch, warum ich überhaupt hingegangen bin, und darüber wollte ich nicht reden, denn eigentlich hatte ich ja beschlossen, mich nie wieder mit meinen seltsamen Verwandten und ihren halben Wahrheiten und ganzen Lügen zu beschäftigen.

»Man kann ihnen natürlich auch gleich zwei Finger reinstecken«, sagte Miloslav – oder Jaroslav – und machte sich wieder eine Zigarette an. Dann reichte er sie mir, und nachdem ich kurz kontrolliert hatte, ob mich nicht irgendein Erwachsener beobachtete, zog ich zweimal tief und schnell hintereinander daran und gab ihm die Zigarette wieder. »Aber dafür müssen sie schon älter sein«, sagte er.

»Warum?«

»Weil sie richtig weit sein müssen. Und wenn sie so jung sind wie deine Cousine Ettie und noch nie Sex hatten, sind sie natürlich zu eng.«

»Ja, klar.«

»Also kannst du es bei ihr vergessen.«

»Hast du schon mal zwei Finger reingesteckt?«

»Natürlich. Naja … also fast.«

Wir hörten auf zu reden und sahen wieder stumm den Menschen zu, die auf der Brücke an uns vorbeigingen. Die alten Leute waren fast alle ein bisschen altmodisch, aber sehr schön angezogen, viele von den Jüngeren sahen, trotz ihrer langen Haare, bunten Schlaghosen und hohen Plateauschuhe so ordentlich und ernst aus, als wären sie auf dem Weg zu ihrer Abiturfeier. Plötzlich kam von irgendwoher ein kräftiger, warmer Windstoß, und der gerade noch lieblich blaue, hohe Himmel rutschte nach unten. Er war jetzt so grau, aber auch gelb wie eine riesige Schwefelwolke, und dann schlug uns der wüstenwarme Wind genau aus der entgegengesetzten Richtung entgegen, aber gleichzeitig wurde die Luft immer schwerer und undurchdringbarer.

»Es wird bestimmt gleich ein Gewitter geben«, sagte ich. »Sollen wir nicht nach Hause gehen?«

»Ihr habt es so gut«, sagte Miloslav – oder Jaroslav –, statt mir zu antworten. »Ihr seid wenigstens alle zusammen in den Westen gegangen! Sogar deine böse Tante ist hier. Und deine scharfe Cousine. Und die bösen Brüder deines Vaters.«

»Sie sind nicht böse.«

»Einer baut Panzer. Einer ist der beste Freund eines südamerikanischen Diktators. Und einer will sich nicht um dich kümmern, wenn du ihn mitten in der Nacht anrufst und ihm sagst, dass du in Zürich auf dem Bahnhof stehst und nicht weißt, wo du schlafen sollst.«

»Lev wusste, dass es nur ein Trick war. Er ist wahnsinnig klug. Sie sind alle wahnsinnig klug!«

»Und einer von ihnen hat deinen Großvater umgebracht. Ich wette, es war der Panzerbauer.«

»Das ist überhaupt nicht sicher. Meine Mutter hat meiner Schwester und mir einmal erzählt, dass er es eigentlich gar nicht gewesen sein kann. Glaube ich.«

»Dann war es eben ein anderer.«

»Wer denn, du Klugscheißer?«

»Dein Vater. Vielleicht war's ja dein Vater! Hast du mir nicht gesagt, dass er auch irgendwie mit dieser Geldsache zu tun hatte? Und hatte die Geldsache nicht etwas mit dem Todesurteil gegen deinen Großvater zu tun? Siehst du.«

»Ich hätte dir nichts erzählen sollen«, sagte ich wütend. »Du bist ein blödes Arschloch. Du bist ein blödes, hässliches Scheißarschloch. Und gefickt hast du auch noch nie, du Angeber!«

»Ja, das stimmt«, sagte er grinsend, und ich grinste sofort auch, und er kratzte sich freundlich in seinem dünnen Bart. Ich drückte mit dem Zeigefinger meine schwere, schwarze Kassenbrille hoch, die bei

Hitze immer rutschte, weil ich dann hinter den Ohren und an der Nase schwitzte, und sah ihn, immer noch lächelnd, an. Mir fiel plötzlich auf, dass er nicht mehr so glattrasiert war wie das letzte Mal, als wir im Sexshop waren und er für seine angebliche Verabredung einen Vibrator kaufen wollte. Seine kleinen, braunen Haarlocken waren wieder viel länger, aber zu einem Afro reichte es natürlich trotzdem nicht. Außerdem waren die neulich noch strahlend weißen Turnschuhe inzwischen ganz schmutzig, und er hatte auf jeden von ihnen mit einem roten Filzstift einen Mädchennamen geschrieben. Anna, glaube ich, stand dort, aber vielleicht war es auch Maria.

»Komm«, sagte er, »wir rauchen noch eine.«

Er steckte sich wieder eine Zigarette an, aber er ließ mich kein einziges Mal ziehen und guckte an mir vorbei in den jetzt schon fast schwarzen Gewitterhimmel. Ich guckte auch an ihm vorbei nach oben, und als die ersten kleinen dünnen Blitze in der Ferne über seinem Kopf zu zucken begannen, dachte ich plötzlich, dass Miloslav – oder Jaroslav – mit seinem spärlichen Beatnik-Bart, den runden, tschechischen Augen und diesem ahnungslosen Gelehrtenblick fast so aussah wie der Mann auf dem großen Fremund-Bild im Prager Arbeitszimmer meines Vaters, das jetzt irgendwelchen Parteileuten gehörte.

»Du siehst genauso aus wie ein Bild, das wir früher in Prag hatten«, sagte ich.

»Echt?«, sagte er.

»Ja – echt.«

»Habt ihr es nicht nach Deutschland mitgenommen?«

»Nein«, sagte ich, »wir haben fast nichts mitgenommen.«

»Ich hab auch nichts mitgenommen«, sagte Miloslav – oder Jaroslav –, »nur meine Sporttasche.«

Er warf seine Zigarette hinter sich ins Wasser und machte sich gleich wieder eine an, und dann erzählte er mir, wie er 1968 oder 1969 allein aus der Tschechoslowakei nach Deutschland gekommen war. Ich glaube, er hatte früher in einem bekannten Verein Radball gespielt – aber vielleicht war es auch ein anderer merkwürdiger Sport, den er machte –, jedenfalls blieb er bei einer Auslandsreise mit seiner Mannschaft einfach im Westen, und natürlich hatte er vorher seinen Eltern nichts davon erzählt. Sein Vater, der, wie er sagte, einer der wichtigsten tschechoslowakischen Historiker war, hatte sich während des Prager Frühlings lieber mit der mährisch-schlesischen Geschichte des 18. Jahrhunderts oder etwas anderem Ungefährlichem beschäftigt, statt wie fast alle anderen Intellektuellen Pläne für die Zeit nach dem Ende des Bolschewismus zu machen. Als dieses Ende dann aber doch nicht kam, belohnten ihn die Kommunisten für seine gespielte Weltfremdheit damit, dass sie ihn zum Chef der Historischen Fakultät in Prag machten – und vielleicht sogar zum Dekan der ganzen Karls-Universität. Wenigstens glaube ich, dass Miloslav – oder Jaroslav –

mir das alles genauso bei unserer letzten Begegnung auf unserer schönen, alten, steinernen Limmatbrücke erzählt hat. Wirklich sicher bin ich mir aber nur, dass sein Vater sehr böse auf ihn war, weil er inzwischen ganz allein im Westen lebte und ihn und die Mutter wahrscheinlich nie mehr wiedersehen würde.

»Willst du wissen, warum ich nie Geschichte studiert habe?«, sagte er, als er fertig war.

»Warum?«

»Nur wegen ihm, wegen diesem opportunistischen Affenarsch!«

»Das versteh ich nicht.«

»Das ist doch ganz einfach. Ich wollte nicht so werden wie er.«

»Ach, so. Klar … logisch«, stotterte ich, und dann fiel mir schon wieder mein blödes Brecht-Buch ein, das in Oerlikon auf Etties Schreibtisch lag. Ich hatte darin vor ein paar Tagen etwas über einen ungehorsamen, wütenden Sohn gelesen, aber ich wusste nicht mehr genau, was es war. Ich wusste nur noch, dass ich diesen Satz, egal, wie oft ich ihn las, nicht kapierte – und dass ich noch immer keine Zeile von meinem Schulaufsatz geschrieben hatte. Außerdem wusste ich, dass mein böser Deutschlehrer sich nichts so sehr wünschte, als dass ich es ohnehin nicht schaffte, die Arbeit fertig zu kriegen, damit er mich bald wieder anschreien und mir meine unverschämte, freche, osteuropäische Art vorwerfen konnte, wie er es nannte.

»Aber wenn ich in Hamburg mein Scheißlehrerstudium fertig hab«, sagte Miloslav – oder Jaroslav –, »will ich natürlich trotzdem noch Geschichte studieren. Hier, in Zürich, sollen sehr viele gute Professoren sein, sagt man. Was glaubst du, warum ich hier bin? Ich hab mir letzte Woche sogar ein paar Vorlesungen angehört, und ich war auch schon in der Sprechstunde von dem Typen, bei dem ich später meine Doktorarbeit schreiben werde. Er hat das wichtigste Standardwerk über die Schlacht am Weißen Berg geschrieben.«

»Ja, toll«, sagte ich, obwohl ich nur ungefähr verstand, was er meinte.

»Und ich werde später noch viel berühmter als mein Vater!«

Ich überlegte kurz, ob ich auch berühmter sein wollte als mein Vater, ich dachte, zum Glück ist mein Vater überhaupt nicht berühmt, und plötzlich grinste mich Miloslav – oder Jaroslav – schon wieder so gierig und altklug an wie vorhin und sagte: »Du kannst ihnen aber auch einen Finger vorne und einen hinten reinstecken. Verstehst du? In jedes Loch einen, dann können sie auch noch ganz eng sein, so wie deine Cousine.«

Ja, ich glaube, genau das hat er in dieser Sekunde zu mir gesagt, obwohl ich mir natürlich nicht sicher bin – so wie auch sonst mein ganzer Zürich-Besuch in meiner Erinnerung meist nur aus Bildern besteht und viel weniger aus Worten und Sätzen –, und dann begannen auch schon die ersten großen Tropfen den matten, rauen Stein der Brückenbrüstung neben uns schwarz zu verfärben. Die Blitze über unseren Köpfen wurden größer, heller, die eben noch stickige, heiße Spätsommerluft kühlte so schnell ab, als hätte irgendwo jemand mit einem riesigen Regler die Temperatur heruntergedreht, und ganz weit weg hörten wir den ersten, noch dumpfen Donner.

»Wann fährst du eigentlich wieder nach Hamburg zurück?«, sagte Miloslav – oder Jaroslav – und sprang von der Brüstung.

Ich sprang auch runter und sagte: »Wann fährst du?«

»Keine Ahnung. Vielleicht gar nicht. Vielleicht bleibe ich gleich ganz hier.«

»Im Ernst?«

»Klar, warum nicht.«

»Ich fahr übermorgen.«

»Schon?«

»Ja – schon«, sagte ich, und obwohl ich es nicht wollte, wurde ich ein bisschen traurig. Dann begann es, von einer Sekunde auf die andere, heftig zu regnen, und wir gingen zusammen schnell zum Limmatquai, aber vielleicht war es auch eine andere große Straße. Wir liefen, während sich überall sofort glänzende, schwarze Pfützen bildeten und die riesigen, fallenden Regentropfen schrecklichen Lärm machten, an einigen erstaunlich großen, gedrungenen, mittelalterlichen Häusern vorbei, die mit ihren frischen weißen und roten Fassaden wie neu aussahen. Wir berührten uns beim Gehen immer wieder leicht mit den Schultern und taten beide so, als würden wir es nicht bemerken, und bevor ich ein paar Minuten später als Erster in meine Straßenbahn einstieg, klopfte mir der lange, dünne Miloslav – oder Jaroslav – ein bisschen zu hart und zu ungeschickt auf die Schulter. Ich reagierte nicht und sprang schnell in den Wagen. Dann drehte ich mich noch einmal nach ihm um, und als ich meinen neuen und wahrscheinlich schon wieder verlorenen Freund im beschlagenen, verregneten Straßenbahnfenster so allein und völlig durchnässt an der Haltestelle stehen sah – die anderen Leute waren in die nächstgelegenen Hauseingänge geflohen –, dachte ich, ja, er hat wirklich recht, dieser nette, kindische Idiot, wenigstens sind meine Mutter, mein Vater, Jelena und ich zusammen in den Westen geflohen. Ich winkte ihm, er winkte zurück, und dann versuchte er vergeblich, sich in dem schwarzen, wasserfallartigen Regen eine neue Zigarette anzuzünden.

Immer, wenn ich heute nach Zürich komme, gehe ich mindestens einmal in die Kronenhalle und bestelle mir das Gleiche, was ich damals an meinem fünfzehnten Geburtstag mit Dima gegessen hatte – Rinderbouillon, Zürcher Geschnetzeltes, Tomatensalat mit dünn geschnittenen, fast durchsichtigen Zwiebeln, Mousse au chocolat.

Dima und ich hatten an diesem Abend – das weiß ich noch ziemlich genau – gegenüber von dem kleinen, nicht besonders guten Blumenbild von Marc Chagall gesessen, ganz am Rand eines der langen Tische in der Mitte des großen Saals, und Dima redete, wenn er sich nicht vor mir für seine Arbeit als Waffeningenieur rechtfertigte, die meiste Zeit nur über die Kronenhalle. Er erzählte mir, wie viele berühmte Schriftsteller und Künstler hier schon gewesen waren. Er zeigte auf die Bilder, die überall hingen, und nannte aufgeregt flüsternd die Namen der Maler, von denen sie stammten: »Picasso!«, »Miró!«, »Giacometti!« Er sagte: »Fass mal die Serviette an! Merkst du was? Merkst du, wie weich und fest der Stoff ist?« Er zeigte mit dem ausgestreckten Zeigefinger einmal quer durch den Raum und flüsterte: »Alles Art déco, verstehst du, wie bei Rothschild!« Er redete mit den Kellnern in ihren steifen, weißen Kitteln so ängstlich und unterwürfig, als belästige er sie mit seinen Wünschen und als seien in Wahrheit sie die Gäste und nicht wir. Und als schließlich die Rechnung kam, zeigte er sie mir stolz und sagte: »130 Franken, siehst du? Dafür kann man fast eine Waschmaschine kaufen! Kein Problem, das ist mein Geburtstagsgeschenk an dich. Damit du nie vergisst, wie gut wir es inzwischen haben. Und dass sich diese ganze verdammte Emigration und die jahrelange Quälerei für uns Erwachsene, aber auch für euch Kinder, wirklich gelohnt hat!« Dann beugte er sich zu mir vor, er kniff mich wie ein Mafiaboss in die Wange und tätschelte sie, und plötzlich beugte er sich noch weiter vor, bis seine eng zusammenstehenden Augen dicht vor meinen Augen waren, und gab mir links und rechts einen Kuss. »Herzlichen Glückwunsch, Kleiner! Du bist jetzt schon fünf Jahre lang ein stolzer, glücklicher Bewohner des freien Westens!«

Ja, immer, wenn ich heute nach Zürich komme und in der Kronenhalle sitze, erinnere ich mich an meinen fünfzehnten Geburtstag. Ich erinnere mich an Dima, an Ettie, an Miloslav – oder Jaroslav –, ich erinnere mich an die dünne Blondine von dem Brown-Boveri-Plakat in Dimas Flur und an die Schatten von Tante Natalias Brustwarzen – und ich erinnere mich auch daran, wie ich elf Jahre später, bei der Beerdigung von Dima, endlich Lev kennenlernte. »Ich habe dich neulich im Fernsehen gesehen«, hatte er zu mir zur Begrüßung gesagt – worauf ich mich sofort von ihm wegdrehte und beschloss, nie mehr ein Wort mit ihm zu reden.

4.

Der späte Tod von Hanka Zweigová

Ein halbes Jahr nach dem Tod meines Vaters – er hatte die letzten zweieinhalb Monate seines Lebens meist bewusstlos in Prag in der Universitätsklinik am Karlsplatz gelegen, dann in einem kleinen, schmutzigen Pavillon für Sterbende im Vinohradská-Krankenhaus – rief mich meine Mutter aus Hamburg an und sagte, dass sie in seinem Schreibtisch einen alten Brief von Tante Natalia an ihn gefunden hätte, den sie auf keinen Fall lesen würde.

»Bist du immer noch wütend auf sie?«, sagte ich.

»Ich war nie wütend auf sie«, sagte meine Mutter.

»Ich wäre wütend auf sie gewesen, wenn ich du wäre.«

»Na, siehst du«, sagte sie. Sie lachte so laut und hell wie eine Zwanzigjährige, und ich wunderte mich, wie jedes Mal, wenn sie nach dem Tod meines Vaters so lachte, dass sie es noch konnte.

»Mich hätte es an deiner Stelle geärgert, dass Natalia damals Onkel Dima geheiratet hat«, sagte ich. »Ich hätte gar nicht mehr aufgehört, auf sie sauer zu sein.«

»Wenn sie deinen Vater geheiratet hätte – dann wäre ich sauer gewesen! Dann hätte ich ihr das hübsche Flittchengesicht zerkratzt und ihr die rotgoldenen Prinzessinnenhaare einzeln ausgerissen.«

»War sie schöner als du?«

»Zuerst ja«, sagte meine Mutter nach einem kurzen Zögern, »später nicht mehr. In Prag sah sie wie alle diese tschechischen Mädchen aus, die im Filmklub und in der Viola wie kleine Nutten in ihren viel zu kurzen Kleidern herumsaßen und sich so lange betranken, bis einer der Männer sie einfach nach Hause tragen und dort seelenruhig vergewaltigen konnte. Im Westen sah sie dann nicht mehr so gut aus, die Arme. Vielleicht hätte sie doch lieber in Prag bleiben und nicht emigrieren sollen. Naja, Pech gehabt.« Und wieder dieses Zwanzigjährigen-Lachen in meinem Telefon.

Ich erinnerte mich plötzlich daran, wie Tante Natalia sich einmal in Prag in unserem Wohnzimmer über mich gebeugt hatte, um nach einer Zeitschrift oder einem Buch zu greifen, und wie dabei ihre Brüste meine kleine Kinderbrust berührt hatten, bestimmt zwei, drei Sekunden zu lang.

»Glaubst du«, sagte ich zu meiner Mutter, »sie hat Dima auch mal betrogen?«

»Woher soll ich das wissen?«, sagte sie auf einmal sehr ernst und erschrocken. »Warum fragst du mich aus? Schreibst du schon wieder etwas über uns?«

»Nein, Mama.«

»Willst du trotzdem den Brief haben? Vielleicht brauchst du ihn ja irgendwann später.«

»Nein«, sagte ich schnell, »nein, bloß nicht.«

Mir wurde kurz schlecht – so wie mir seit einem

halben Jahr immer schlecht wurde, wenn ich zufällig ein Foto von meinem Vater auf meinem Laptop sah oder wenn meine Schwester mir, obwohl ich es nicht wollte, aus London einen der vielen kurzen Videofilme aufs Telefon schickte, die sie in den letzten Jahren meines Vaters von ihm gemacht hatte. Sein dunkles, fast schon persisch oder usbekisch oder wie auch immer anmutendes Gesicht war bis zum Schluss das Gesicht eines gesunden, gut genährten Mannes gewesen, und ich dachte dann jedesmal, wer so ein energisches Diktatorenkinn und diese immer wie scharf gestellten, schwarzen Augen hat, musste doch eigentlich mindestens hundertzwanzig Jahre alt werden.

»Gut«, sagte meine Mutter, »dann schmeiße ich den Brief weg.«

»Nein!«

»Wie du willst. Dann schmeiße ich ihn eben nicht weg.«

»Mama?«

»Ja?«

»Warum hat sich Natalia eigentlich in Genf umgebracht?«

Meine Mutter atmete tief ein und aus und sagte: »Das war der Krieg. Der Krieg hat sie bestimmt so traurig gemacht.« Und noch während sie sprach, dachte ich, ja, vielleicht, aber vielleicht war es noch etwas anderes.

Drei Tage später lag in meinem Briefkasten in Berlin Natalias Brief an meinen Vater.

»Mein lieber Sjoma«, schrieb Natalia, natürlich auf Tschechisch, meinem Vater am 23. November 1973 aus Montreal nach Hamburg, »heute habe ich schon wieder vom Café Slavia geträumt. Wir saßen, genauso wie letztes Mal, neben dem Flügel, in der Ecke, und ich konnte genauso wie damals im Fenster hinter dir den Petřín und das Nationaltheater sehen und, wenn ich mich vorbeugte, sogar den Bootsverleih auf dem Slovanský ostrov mit seinen roten und weißen Kanus und Ruderbooten.

Du hattest deinen schönen engen, englischen Anzug mit einem weißen Hemd und einer schwarzen, dünnen Krawatte an, den du auch bei Dimas und meiner Hochzeit getragen hast, aber vielleicht war es auch ein anderer Anzug. Wahrscheinlich hattest du wieder die ganze Nacht gearbeitet, denn du warst nicht rasiert, aber deine Stimme war trotzdem so kräftig und ein bisschen zu hoch wie immer, und ich wollte dir gerade sagen, wie unglücklich ich darüber bin, dass sie am nächsten Tag Dima aus dem Gefängnis rauslassen werden, als plötzlich Čepelák vor uns auftauchte, der eingebildete, hohle und immer so schrecklich glückliche Vladislav Čepelák aus den Barrandov-Studios.

Weißt du noch, wie er aussah? Er war ein großer, sportlicher Goj, schwarze, wilde, mühsam zur Seite gekämmte Haare, die wie ein Toupet auf seinem gojischen Metzgerkopf lagen, dazu diese viel zu langen Arme, mit denen er ständig alle umarmte. Leute wie er, dachte ich früher oft, kriegen nie Kopfschmerzen und haben nie Angst, dass sie über einen Teppich stolpern könnten, seine Selbstgerechtigkeit kam mir schon immer wie die Selbstgerechtigkeit eines tobenden Nachtgespensts vor, das genau weiß, dass es für seine Frechheiten nicht bestraft werden kann, und wie er jetzt so in meinem Slavia-Traum vor unserem Tisch stand und abwechselnd mich und dich mit seinem bösen, verklemmten Antisemitenblick anguckte, dachte ich: Bestimmt denkt er, dass die Juden mal wieder die Köpfe zusammenstecken und im Auftrag des Zionismus an den Fundamenten des Sozialismus sägen. Aber vielleicht will er ja auch nur, dachte ich gleichzeitig, dass wir ihn fragen, ob er sich zu uns setzen möchte.

›Wir haben letzte Woche lange über Ihr Exposé geredet, Natalia‹, sagte Vladislav Čepelák nach einer Ewigkeit in meinem Traum leise, dann setzte er sich einfach auf den leeren Stuhl neben mich. Er umarmte mich mit seinen langen, schweren Armen, dann dich, obwohl er sich dabei über den ganzen Tisch zu dir vorbeugen musste, seine Arme wurden wie in einem Zeichentrickfilm immer länger und länger, und dann sagte er wieder zu mir: ›Wollen Sie gar nicht wissen, Natalia, was wir in der Produktionsgruppe beschlossen haben?‹

›Ich kann es mir denken‹, hörte ich mich selbst mit einer lauten, hallenden Stimme sagen, so als wären wir in einer riesigen Höhle.

›Jindra Doubek soll das Drehbuch mit Ihnen schreiben‹, sagte Čepelák grinsend, und auf einmal sah er wie Reinhard Heydrich nach dem Attentat aus, sein Gesicht und sein Hals waren von Granatsplittern zerrissen und blutig. ›Ihre Geschichte ist grotesk und völlig unglaubwürdig. Das sagen alle in der Produktionsgruppe. Und ich guck euch beim Schreiben dann auch noch über die Schulter.‹

Verdammt, dachte ich – ich dachte es zuerst in meinem Traum, dann wachte ich auf und dachte es immer noch, hier, in Montreal, in meinem und Dimas viel zu engen, knarrenden Metallbett, das wir von der jüdisch-kanadischen Einwanderungsorganisation geschenkt bekommen haben –, das heißt, dass ich später statt der fünfzigtausend Kronen für das Drehbuch von *Hanka Zweigová* nur siebzehntausend kriege, und die anderen zwei Drittel des Honorars klauen mir Heydrich und Doubek. Dann hob ich den Kopf und betrachtete erschrocken den armen, hässlichen, schlafenden Dima neben mir wie einen Fremden – und plötzlich erinnerte ich mich daran, wie es damals wirklich gewesen war, wie ich im Herbst 1964 und im Sommer darauf immer wieder nach Barrandov rausfahren musste, wo Čepelák und Doubek in meiner Gegenwart ständig darüber redeten, wie schlecht mein Exposé sei, wie blöd sie die Idee einer glücklichen Hanka fanden und dass sie sich fragten, was für eine jüdische Spitzfindigkeit dahinter steckte. ›Ihre Hanka‹, hat Čepelák – der echte Čepelák – zu mir in seinem verrauchten, mit lauter hässlichen Vierzigerjahremöbeln und kleinen, barocken Heiligenfiguren vollgestellten

Büro bei der letzten Drehbuchbesprechung gesagt, ›gefällt uns nicht, Natalia. Theresienstadt, die ganze Familie tot, die sadistischen Nonnen von Brünn schlimmer als deutsche Lageraufseherinnen – und sie lacht immer noch und fragt jeden Mann, bevor sie mit ihm schläft, ob ihm der Krieg und das alles auch wirklich egal ist? Ich bitte Sie, wo gibt es das, eine glückliche KZ-Überlebende? Sie müssen Hanka Zweigová am Ende wenigstens sterben lassen, sonst können wir Ihren Film nicht machen. Verstanden?‹«

An dieser Stelle von Natalias Brief an meinen Vater habe ich kurz überlegt, ob ich weiterlesen sollte. Ich hatte den Film, um den es ging und den Natalia am Ende wirklich gemacht hatte, schon oft gesehen, und mir hatte besonders der Schluss immer wieder gut gefallen. Offenbar war es aber gar nicht Natalias Idee gewesen, dass ihre Heldin in der letzten Einstellung auf dem Bürgersteig vor dem ehemaligen jüdischen Mädchenwohnheim in der Francouzská Straße in Prag-Vinohrady zerschellte. Das enttäuschte mich, und ich wollte lieber nicht wissen, wie ihre Barrandov-Chefs sie dazu überredet hatten.

Gleichzeitig musste ich daran denken, wie sich meine Eltern einmal in den siebziger Jahren in Hamburg über Natalias eigenen Selbstmord unterhalten hatten. Wir saßen an einem Samstag oder Sonntag beim Mittagessen zu dritt – Jelena studierte damals schon in Israel – in unserer viel zu dunklen Küche in der Bieberstraße, in der man auch tagsüber immer das Licht anmachen musste, und meine Mutter fragte plötzlich meinen Vater, wie sehr es ihm um Natalia leid tue.

»Sehr«, sagte mein Vater. »Aber mir tut es auch um Dima leid. Und um Ettie tut es mir besonders leid, weil sie jetzt ohne eine Mutter erwachsen werden muss.«

»Die hat sie vorher auch schon nicht gehabt«, sagte meine Mutter mit ihrem lauten, jugendlichen Lachen, und weil wir wie immer Russisch sprachen, hatte ihre Ironie zugleich etwas sehr Unironisches und Hartes.

»Hör auf, Rada«, sagte mein Vater. »Du kannst ihr nichts beweisen. Und du weißt genau, warum die Leute damals in Prag so schlecht über sie geredet haben. Sie sah besser aus als die meisten anderen Frauen. Und sie war vielen einfach zu selbstbewusst!«

»Über mich haben sie nicht so schlecht geredet wie über dieses Flittchen.«

»Doch«, sagte mein Vater. »Sie haben gesagt, dass du mich nur deshalb geheiratet hast, um aus Russland rauszukommen.«

»Was ist denn passiert?«, sagte ich.

»Frag deinen Vater«, sagte meine Mutter, und wenn ihre Stimme ein Messer gewesen wäre, hätte man ihn jetzt damit von oben nach unten durchschneiden können. »Sie war seine Natalia, nicht meine.«

Mein Vater, der damals wegen jeder Kleinigkeit schrie oder beleidigt aus dem Zimmer rannte, blieb aber völlig ruhig. »Natalia ist letzte Woche in Genf auf dem Boulevard Carl-Vogt vor einen Lastwagen gesprungen«, sagte er zu mir, fast schon ein wenig zu sachlich. Dann drehte er sich wieder zu meiner Mutter und sagte mit seiner mildesten Stimme: »Sie war schon lange nicht mehr meine Natalia, Rada – nach allem, was sie unserer Familie angetan hat.«

Ich hatte Tante Natalia das letzte Mal drei, vier Jahre vorher gesehen, in der Schweiz, als ich allein bei Dima in Zürich die Sommerferien verbracht hatte und wir uns mit Natalia und Ettie für einen Tag in den Bergen getroffen haben. Dima und Natalia waren schon geschieden, aber sie gingen trotzdem so schlecht miteinander um, als wären sie immer noch verheiratet, und wann immer Natalia Onkel Dima als Null und Geizkragen beschimpfte, war ich auf ihrer Seite, und das war mir peinlich gewesen. »Was hat Tante Natalia unserer Familie angetan, Papa?«, sagte ich.

»Ich will nicht darüber reden«, sagte mein Vater, und plötzlich war er wieder so, wie er fast immer war. Er spannte seine beiden Kiefermuskeln an, er kniff abwechselnd die Augen hinter seiner schweren, braunen Brille wie ein Scharfschütze zusammen und starrte an meiner Mutter vorbei auf die Wand mit den vielen russischen Holztellern und Holzlöffeln, die sie dort bei unserem Einzug aufgehängt hatte.

»Sie hat den einen Bruder geheiratet, weil sie den anderen nicht kriegen konnte«, sagte meine Mutter, und noch bevor sie zu Ende gesprochen hatte, schlug mein Vater mit der flachen Hand auf den Tisch. Die

Teller sprangen klirrend hoch, mein Glas, das zum Glück leer war, fiel um, und dann drückte sich mein Vater mit beiden Händen vom Tisch ab, er stand ruckartig auf und verließ die Küche.

»Sjoma, mein Liebling«, sagte meine Mutter so leise, dass er sie draußen in dem langen Bieberstraßenflur nicht hören konnte, »komm zurück. Bitte, komm zurück … Ich habe den ganzen Morgen gekocht.« Und dann sagte sie noch leiser: »Ich wollte doch nie aus Moskau weg. Und nach Deutschland wollte ich auch nicht …«

Diese Horrorszene hatte ich schon lange vergessen, so wie ich fast alle anderen Horrorszenen vergessen hatte, die sich in unserer Hamburger Küche und früher auch in unserer Prager Küche abgespielt hatten, aber als sie mir jetzt, in Berlin, in meiner eigenen Küche, beim Lesen von Natalias Montreal-Brief plötzlich wieder einfiel, tat mir die Erinnerung daran überhaupt nicht weh. Ich muss unbedingt weiterlesen, dachte ich stattdessen, bestimmt steht hier etwas darüber, was Natalia unserer Familie angetan hat – und warum sie eines Tages beschlossen hatte, sich von einem Lastwagen überfahren zu lassen.

Und so ging Natalias Brief weiter: »Immer, mein lieber Sjoma, wenn ich in Kanada von dir und mir und dem Café Slavia träume, denke ich hinterher lange daran, wie es war, als wir uns am Abend vor Dimas Entlassung dort wirklich getroffen haben – nicht bloß im

Traum! –, und wie ich gleich am Anfang zu dir gesagt habe, dass ich zu dir zurück will. Ich hoffe, du kannst dich daran überhaupt noch erinnern.

Ich glaube, ich sagte an diesem Abend auch, dass ich Dima bisher nur deshalb nicht verlassen habe, weil man einen Mann nicht verlässt, der im Gefängnis sitzt, und dass ich, wenn du willst, Ettie bei ihm lassen werde und dass du auch deine Kinder bei Rada lassen sollst – und dass ich jetzt endlich bereit bin, von dir ein Kind zu haben. Aber du wolltest darüber nicht mit mir reden. Du hast gesagt, dass ich den Mund halten soll, weil du ein paar Tage nachdenken musst, ich hätte schließlich ein paar Jahre gehabt, um darüber nachzudenken, und dann haben wir uns, so wie früher, in Leningrad, im Studentenwohnheim, oder manchmal auch bei euch in Moskau und in Kunzewo, über deine Brüder und deinen Vater unterhalten.

Ja, an diesem Abend im Slavia hast du mir sehr viel von Wladimir und Lev erzählt, das weiß ich noch genau. Du hast irgendwann plötzlich wütend und laut gesagt, sie hätten 1952 auch um ein Haar wie Löbl und Slánský mit blutig geschlagenen, leeren Gesichtern vor Gottwalds Richtern gesessen und auswendig gelernte Geständnisse abgelegt, aber zum Glück wären sie ja im Westen geblieben, als die Kommunisten ihnen befahlen, aus Rio und Westberlin zurückzukommen und die Schlüssel zu ihren Büros den Geheimdienstleuten ihrer Botschaften zu übergeben. Und dann hast du mich auf einmal gefragt, warum wir beide immer noch in diesem schrecklichen Land lebten, und ich dachte, das wäre ein gutes Zeichen. Aber leider hast du danach gleich wieder über Politik geredet und noch lauter auf die Bolschewiken geschimpft, weil sie eure Familie auseinandergerissen hatten. ›Nur weil sie die Menschen nicht glücklich machen können‹, hast du gesagt, und das war so klug, dass ich deine Worte bis heute nicht vergessen habe, ›brauchen sie jemanden, dem sie die Schuld an ihrer lächerlichen Unfähigkeit geben können. Alles, was sie über Slánský, Trotzki und die jüdischen Ärzte sagen, müssten sie über sich selbst sagen: Sie sind gierig! Sie sind die Lügner und Trickser! Sie zerstören uns alle.‹

Ich habe dir irgendwann, das weißt du wahrscheinlich nicht mehr, vorsichtig die Hand auf den Arm gelegt, denn ich habe Angst bekommen. Ich sagte: ›Sjoma, bitte, sei leise‹, und dann hast du für uns georgischen Cognac bestellt, obwohl du sonst nie trinkst, und erst beim Anstoßen hast du dich genauer umgeguckt – deinen wie immer leicht abwesenden, aber auch hellwachen Blick dabei werde ich auch nie vergessen – und hast am Tisch neben uns den jungen blonden Arbeiterkerl mit seiner jungen blonden primitiven Vorstadtschönheit entdeckt. Statt dich zu erschrecken, hast du ihn aber nur frech angelächelt und ihm leise zugerufen: ›Auf Gottwald und seine ganze traurige, antisemitische Bande! Sollen sie tot umfallen! Le chajim!‹ Es war wie im Film, es war wie in *Casablanca*, als die Deutschen und die Franzosen gegeneinander ansingen, *Wacht am Rhein* gegen die *Marsellaise*, die Bösen gegen die Guten. Der Arbeiterkerl hat sich langsam aufgerichtet, er hat das Kinn und die Schulter vorgeschoben, als würde er einem sozialistischen Plakatmaler Modell stehen, und er sagte leise und böse: ›Was hast du gesagt, Genosse?‹ Darauf hast du aber wieder nur lächelnd geantwortet: ›Auf meinen dummen, lieben Bruder Dima, der ab morgen wieder ein freier Mann ist, obwohl er dann immer noch dieses verdammte Land für immer verlassen möchte!‹ Und der sozialistische Dummkopf zischte deprimiert und wütend: ›Irgendwann werden wir auch mit euch kosmopolitischem Dreckspack fertig.‹

Mein Gott, das war so schrecklich, Sjoma. Ja, das war die Welt, in der wir gelebt haben.«

Ich legte Natalias Brief wieder kurz weg und dachte daran, wie ich im Sommer oder Herbst 1980 in München mit meinem ersten echten tschechischen Freund in Deutschland, dem jungen Deutsch- und Englischlehrer Tomáš Kainar, im Braunauer Hof in der Frauenstraße gesessen hatte. Am Tisch gegenüber saßen ein paar ältere, offenbar gebildete, aber ziemlich ärmlich angezogene Tschechen, die sich laut und betrunken über Karel Kryls Alkoholismus, über Frauen und ihre Arbeit beim Radio Freies Europa unterhielten, und dabei schauten sie immer wieder sehr direkt und neugierig zu uns herüber. Wenn ich jemals jemanden getroffen habe, der wie Franz Kafka ausgesehen hat, dann war es Tomáš, der aus einer jüdischen Familie aus Prešov in der Slowakei stammte, ich selbst sah damals mit meinen beginnenden Geheimratsecken und der runden Nickelbrille wie der junge Trotzki aus, jedenfalls sagten das meine Eltern immer zu mir, und dasselbe dachten bestimmt auch die Tschechen am Tisch gegenüber. Irgendwann stand einer von ihnen auf, um auf die Toilette zu gehen – er war sehr lang und sehr dünn und hatte Sandalen mit Socken an –, und als er an unserem Tisch vorbeiging, zischte er leise: »Scheißjuden …«

Es war das erste Mal, dass ich so etwas erlebt habe. Ich war gerade erst zwanzig, ich lebte erst kurz allein, ohne meine Eltern, ich liebte München und hatte mich eigentlich sehr darüber gefreut, in einer Wirtschaft Tschechisch zu hören. Darum lachte ich darüber. Aber Tomáš sagte leise und wehleidig auf Tschechisch zu mir: »Ich hasse es, dass es nie aufhört.« Und in seinen großen, schwarzen Kafkaaugen sammelten sich kurz Tränen, die sofort wieder verschwanden, aber vielleicht habe ich das nur später in meiner Erinnerung an das erste echte antisemitische Erlebnis meines Lebens dazugedichtet.

Tante Natalia, dachte ich jetzt, in Berlin, in meiner Küche, hat sich damals im Café Slavia bestimmt nichts eingebildet. Dann las ich schnell weiter.

»Warum, Sjoma, wollen die anderen immer nur, dass wir unglücklich und tot sind? Glaubst du, sie wären froh, wenn es keinen einzigen Juden mehr geben würde – oder würden wir ihnen fehlen?

Ich muss hier in Kanada immer wieder daran denken, was dein Vater zu mir gesagt hat, als ich ihn das letzte Mal gesehen habe, in dem Jahr, bevor er hingerichtet wurde. Das war im Winter 1959, glaube ich, in Kunzewo, in eurer Datscha, die ich, wie du bestimmt noch weißt, auch deshalb so liebte, weil sie nicht wirklich eine Datscha war, sondern ein großes zweistöckiges Haus, von oben bis unten voll mit Antiquitäten, Teppichen und alten Bildern, und dann war da ja noch dieser große Dachboden, wo am Schabbes und an den Feiertagen heimlich die jüdischen Männer aus der ganzen Gegend beteten, ihren schönen, alten Gesang werde ich nie vergessen. Ich war an diesem Tag allein da, ohne Dima, und ich glaube, ich war auch noch nicht schwanger mit Ettie. Ich sollte für Dima und dich ein paar Bücher nach Prag mitnehmen, und dein Vater und ich saßen vorher lange in der Küche und haben Tee getrunken. Der Tate – ich durfte ihn inzwischen auch so nennen – war wie immer sehr gut angezogen, er hatte ein schönes, dunkles Hemd an, eine breite, gelbe, goldschimmernde Krawatte, die er so kunstvoll wie ein englischer Lord gebunden hatte, was überhaupt nicht zu seinem kleinen, scharfen Galiziergesicht passte und deshalb besonders gut aussah. Plötzlich wollte er von mir wissen, ob ich dich immer noch liebte. Er fragte mich lachend, ob ich nicht vielleicht eine nette, hübsche und nicht besonders kluge

Freundin hätte, die viel besser als ich zu Dima passen würde. Und schließlich sagte er: ›Wenn von vier Söhnen nur einer misslingt, Natalia, dann hat es Gott mit einem gut gemeint, oder?‹

Ja, ich weiß, das alles klingt wie der traurige Anfang oder das noch traurigere Ende einer Scholem-Alejchem-Geschichte, oder wie eine Szene, die ich mir gerade für ein neues Drehbuch ausdenke – aber so war es wirklich. ›Sie dürfen nicht ungerecht sein, Schmil Grigorewitsch‹, sagte ich unsicher, denn ich fragte mich, in welche Falle er mich gerade lockte. ›Dima ist ein guter Mensch, das ist das Wichtigste.‹

›Wer redet von Dima?‹, erwiderte der Tate, euer kleiner, kluger und unglaublich harter Tate in seinem furchtlosen Schtetlrussisch, und ich wusste immer noch nicht, worauf er hinauswollte. Er hatte ja bis zum Schluss diesen leichten jüdischen Akzent, vielleicht war das aber auch der schlechte Einfluss des Ruthenischen, jedenfalls konnte er das ›r‹ nicht richtig aussprechen und zog das Ende jedes Satzes nach oben wie alle unsere Leute, die Russisch erst als Erwachsene gelernt haben, und das fand ich immer sehr rührend. ›Ich meine nicht Dima‹, wiederholte er, ›ich meine Lev, diesen Mistkerl. Ist er nicht der klügste von ihnen allen, so wie Wladimir der schönste ist, Sjoma der fleißigste und Dima der liebste? Ja, Besrat haschem, das ist er! Aber wie kann ein so kluger Mensch von Geld so besessen sein wie er? Glaubt er wirklich, dass Geld ihn rettet, wenn die Kosaken kommen?‹

Ich habe, wie du dir vorstellen kannst, darauf nichts geantwortet – überhaupt nichts. Stattdessen dachte ich an die Nonnen in Blansko bei Brünn, die von meinen Eltern keinen Heller dafür wollten, dass sie mich und meine Schwester aufnahmen. Dafür mussten wir jeden Morgen zur Messe oder jede Woche zur Beichte, aber als die Deutschen uns holten, sagten die bösen Schwestern unserer lieben Frau von Blansko, sie hätten nicht gewusst, dass wir zwei kleine, unehrliche Jüdinnen sind, man hätte ihnen gesagt, wir hätten die ganze Familie bei einem Partisanenangriff verloren. Und dann habe ich doch noch gedacht: Wieso regt sich der Tate so auf? Ihr seid doch alle in der Familie davon besessen, Geld zu verdienen, Geld zu wechseln, Geld zu verstecken und darüber zu reden. Immer geht es bei euch um irgendwelche Dollars oder englische Pfund, dachte ich, ständig redet ihr darüber, wer gerade den besten Kurs hat und wie man eure geheimen Devisen aus Russland in die Tschechoslowakei rausschmuggelt oder am besten gleich ganz in den Westen – warum schimpft er also ausgerechnet auf Lev?

›Ich weiß genau‹, sagte der Tate jetzt leise, fast flüsternd, ›warum du schweigst, Natalia. Aber du irrst dich! Das eine ist‹ – er schlug plötzlich so heftig, fast cholerisch mit der Hand auf den Tisch, dass ich es nie vergessen werde – ›das eine ist, für Geld zu sterben, um zu leben. Das andere ist, dafür zu töten, kain aine hore …‹ Das eine ist, für Geld zu sterben, hat er gesagt, Sjoma, verstehst du, das andere, dafür zu töten!

Wusste er da schon, was ihn ein Jahr später erwartete? Und was wusste er über euren merkwürdigen, eigentlich immer sehr verschwiegenen Bruder Lev, was wir alle damals nicht wussten? Jedenfalls stand er plötzlich so schnell und sorglos wie ein junger Mann auf, er griff von oben hinter den großen, roten, amerikanischen Kühlschrank, den ich noch nie bei jemand anderem gesehen hatte, auch nicht in Prag, und zog von dort zwei dicke Kuverts raus, die er in die Bücher steckte, die ich für dich und Dima mitnehmen sollte. ›Jetzt, Natalia, bist du außer meinen Söhnen die Einzige, die mein Versteck kennt‹, sagte er. ›Kannst du schweigen?‹

Ja, natürlich kann ich schweigen. Ich habe nie jemandem etwas von Tates Versteck erzählt, Sjoma, und ich habe nicht einmal euch beiden verraten, dass ich es kannte! Ich habe Dima nie gesagt, was der Tate über ihn und mich dachte. Ich habe geschwiegen, als mir ein paar Jahre später einer aus dem StB-Büro in Barrandov erzählte – ›Abteilung für besondere Aufgaben‹ stand auf der Tür, erinnerst du dich noch? –, dass man euren Vater wegen schwarzer Geschäfte und anderer jüdischer Tricksereien in der Lubjanka aufgehängt hatte. Und als mir derselbe Typ – kein Gesicht, keine Stimme, und seinen Namen habe ich schon damals vergessen – Ende August 1968 für dreihundert Dollar Dimas StB-Akte verkaufte, weil er plötzlich selbst fliehen wollte und Devisen brauchte, las ich noch im Bus von Barrandov nach Prag in der Akte, dass euer Vater schon zwei Jahre vor dem Republikflüchtling Dima auf dem Flughafen in Moskau mit Dollars und Uhren erwischt wurde. Aber das erzählte ich natürlich auch niemandem, nicht einmal dir oder Dima! Und warum? Weil ich nicht verrückt war, weil ich lieber gar nicht erst wissen wollte, was das in Wahrheit bedeutete, und weil ich nicht wollte, dass ihr euch verrückt macht. Doch was machst du?! Du kommst, zehn Tage, nachdem ich dich im Slavia gefragt habe, ob du mich zurück haben möchtest, in meine Wohnung in die Koperníkova und brüllst mir ins Gesicht, dass ich den Taten an den KGB verraten habe! Wieso? Was war in diesen zehn Tagen passiert? Hast du Rada von uns erzählt? Hat sie dir gesagt, dass du mich auf diese gemeine Art wieder loswerden sollst? Oder hast du wirklich auf einmal geglaubt, dass ich den Taten auf dem Gewissen hatte?

Zuerst warst du ja fast noch so wie im Slavia, das weißt du bestimmt auch noch. Du hast dich ganz dicht neben mich auf den Balkon gestellt, du hast dir eine Zigarette angesteckt, danach noch eine und noch eine und hast lange nichts gesagt, und ich dachte, während wir beide schweigend auf die Bäume und Weinstöcke der Grébovka schauten und uns dabei fast zufällig mit den Fingern berührten, wie traurig es für dich und Rada und eure Kinder sein müsse, dass du mich noch immer mehr liebst als sie alle. Du hast mich sogar noch einmal geküsst, Sjoma, ziemlich lange, erinnerst du dich? Du hast deine Hände in meinen Haaren vergraben und plötzlich wütend an ihnen gezogen – und dann hast du mich wie eine Nutte weggestoßen und geschrien, dass du mich nie wieder küssen wirst, dass du jetzt alles verstanden hast und dass dir der arme Dima leid tut, weil er mit einer solchen Verräterin und Karrieristin und Opportunistin wie mir leben müsste. Und dann bist du weggegangen, du hast noch einmal von draußen wütend gegen die Wohnungstür getreten, und danach hast du mich nie wieder so angesehen, als wäre ich deine große, kleine Natascha, wie du mich früher immer in Leningrad genannt hast …«

Wollte ich das alles wirklich wissen?, fragte ich mich in Berlin, in meiner Küche, fast fünfzig Jahre nachdem Natalia meinem Vater aus Montreal geschrieben hatte. Wollte ich wissen, welchen Kosenamen mein Vater früher für meine Tante gehabt hatte? Wollte ich Wort für Wort, Zeile für Zeile dabei sein, wenn sie sich küssten und stritten und miteinander Schluss machten?

Ich faltete den Brief, ohne ihn zu Ende zu lesen, langsam zusammen und dachte: Okay, Natalia hatte den Taten – meinen Großvater – also nicht an den KGB verraten. Ja, sie wollte zu meinem Vater zurück, und nein, er wollte nicht wieder mit ihr zusammensein – und dass er ihr zu Unrecht ein halbes Leben lang die Schuld an Tates Tod gegeben hatte, war vielleicht nur ein Vorwand gewesen, um sie nicht mehr lieben zu müssen. Na und? Wäre er, wenn er das nicht gedacht hätte, vielleicht wirklich zu ihr zurückgegangen? Hatte sie es also tatsächlich beinah geschafft, unsere Familie auseinanderzubringen? Und vergaß mein Vater nicht, wann immer er auf sie wütend wurde, dass er mindestens zehn Tage bei ihrem Spiel mitgemacht hatte?

Und plötzlich war mir das alles völlig egal. Jedenfalls dachte ich, dass es mir egal war, und ich hatte auch keine Lust mehr, darüber nachzudenken, ob etwas an dem schrecklichen Verdacht, den der Tate gegen Lev gehabt hatte, dran war. Ich erinnerte mich kurz daran, dass ich früher etwas Ähnliches gedacht hatte, weil ich mir sonst nicht erklären konnte, warum Lev seit Jahren mit keinem von uns reden wollte – aber dann hatte ich endgültig genug von diesem ganzen Familienirrsinn. Ich schob Natalias Brief zurück in den dünnen, knisternden, altersbraunen Luftpostumschlag, ich legte ihn auf den Stapel mit den ungeöffneten Rechnungen und Bankbriefen, und ich guckte, so wie ich es seit Jahren machte, lange aus dem Fenster in den kahlen Hinterhof, auf das ewig dunkle Fenster meiner Nachbarn, und rauchte dabei eine Zigarette. Dann ging ich ins Wohnzimmer und guckte auf den riesigen, rotschwarzen Turm der Zionskirche, auf die schneebedeckten Bürgersteige der Zionkirchstraße und die langen, geraden Spuren der Autos im braunen Schneematsch der Fahrbahn – und dann dachte ich daran, wie merkwürdig es war, dass ich selbst gerade in Berlin war, meine Schwester in London und meine Mutter in Hamburg, während mein Vater ganz allein und verlassen in Prag auf dem Neuen Jüdischen Friedhof lag, am Platz Jana Želivského, nur ein paar hundert Meter entfernt von der Sterbestation des Vinohradská-Krankenhauses …

»Ganz hinten links – das wird dein Zimmer, wenn du willst«, hatte meine Mutter zu mir gesagt, als ich meine Eltern an Weihnachten 1999 das erste Mal in ihrer neuen Prager Wohnung besucht hatte. »Du kannst deine eigenen Möbel reinstellen und deine eigenen Bilder aufhängen. Aber wenn Jelena kommt, schläft sie auch dort.«

»Was soll ich hier machen?«, sagte ich.

»Zum Beispiel mit uns zusammen sein«, sagte sie. »Wir sehen uns doch sonst nie, weil du nie nach Hamburg kommen willst.«

»Ja«, sagte ich, »das stimmt. Ich hasse Hamburg.«

»Das verstehe ich nicht«, sagte sie. »Das habe ich nie verstanden. Ich mag Hamburg sehr gern, ich lebe dort inzwischen länger als früher in Prag. Die Menschen in Hamburg reden nie Unsinn und rufen an, bevor sie zu Besuch kommen.«

»Und warum wollt ihr dann jetzt wieder öfter in Prag sein?«

»Weil dein Vater in Prag viel glücklicher ist als in Hamburg.«

»Siehst du«, sagte ich, »ich bin nicht der Einzige, der sich dort schlecht fühlt.«

Sie lachte, und ich lachte auch, weil wir beide wussten, warum sie in Wahrheit diese viel zu große, helle Wohnung in der Nähe des Riegerparks gekauft hatten, in einem der wenigen Häuser von Vinohrady, das keine blumenverzierte, viel zu bunt gestrichene Jugendstilfassade hatte, sondern erst kurz nach dem Krieg als eins der letzten, besonders schlichten Bauhaus-Häuser von Prag entstanden war. Eigentlich ging es meinen Eltern gar nicht um Prag oder Hamburg. Sie hatten irgendwann wegen einer Frau Streit gehabt – nein, es ging nicht um die damals längst tote Natalia –, und nachdem meine Mutter meinem Vater gesagt hatte, sie würde ihn verlassen, beschlossen sie mit Ende Sechzig, das zweite Prag-Kapitel ihres Lebens zu beginnen.

Zwei Jahre später war die Wohnung in der Mánesova, nur sechs oder sieben Blocks von unserer alten Prager Wohnung in der Laubova entfernt, genauso voll mit Teppichen, Büchern und Möbeln wie die Hamburger Wohnung und früher die Laubova, und die – wahrscheinlich letzte – Geliebte meines Vaters war vergessen. Das Einzige, was manchmal noch an sie erinnerte, waren die Vorwürfe, die meine Mutter meinem Vater machte, wenn er mal fünf Minuten später nach Hause kam, als er versprochen hatte. »Wo warst du so lange«, sagte sie mit einem Gesicht wie aus Stein, »wieder bei deinem Luder?« Er guckte sie dann meist freundlich und schuldbewusst an und dachte kurz darüber nach, ob er sie anschreien oder wütend aus der Wohnung rausrennen sollte. Aber weil er nicht mehr ganz so hart und kindisch war wie früher, ging er einfach zu ihr und umarmte sie, und sie küssten sich wie Diebe kurz und flüchtig auf den Mund.

Ich stand, während ich mich an diese Szenen erinnerte, immer noch in Berlin am Fenster und sah auf den seit Tagen zugeschneiten Zionskirchplatz. Plötzlich wollte ich wieder eine Zigarette rauchen, und noch lieber hätte ich zehn Zigarettten auf einmal geraucht. Ich ging in die Küche zurück, ich steckte mir wieder eine an und zog, ohne nachzudenken, langsam und vorsichtig Natalias Brief aus dem alten, eingerissenen, kanadischen Air-Mail-Umschlag.

»Willst du wissen, mein ferner geliebter Sjoma«, schrieb Natalia in ihrem schönen, einfachen, leicht altmodischen Tschechisch, »was an dem Tag passiert ist, nachdem du in Prag auf Dimas und meinem Balkon für immer Nein zu mir gesagt hast? Ich habe es dir nie erzählt, aber jetzt muss ich es dir erzählen, denn es war schon wieder so eine Art Kurzgeschichte – nur diesmal eher eine von Škvorecký oder Lustig.

Der Tag fing ziemlich langweilig an: Ich lag den ganzen Morgen im Bett und habe jede einzelne Zeile in der neuen Ausgabe von Mladý svět gelesen. Nein, das stimmt nicht. Eigentlich habe ich mir nur die jungen Frauen im Modeteil angeguckt. Ich habe immer wieder zu mir gesagt, dass ich früher auch so schön und fröhlich ausgesehen habe wie sie, und dann habe ich irgendwann angefangen, laut und verzweifelt zu weinen. Ich hatte immer noch Tränen in den Augen, als ich Ettie im Kindergarten abgeholt habe, ich habe geweint, als ich Essen für sie machte, und ich habe geweint, als ich sie ins Bett brachte, sie küsste und zu ihr sagte, dass sie heute Abend allein sein würde, weil Mama wegen ihrer Arbeit noch einmal weg müsste und Papa immer noch bei Onkel Sjoma und Tante Rada wäre, wo er sich viel besser als bei uns von seiner langen Reise erholen könne. Und dann bin ich, jetzt schon etwas ruhiger, in den Filmklub gefahren, wo ich mal wieder mit Čepelák und Jindra Doubek über das Drehbuch von *Hanka Zweigová* reden sollte.

Doubek war an diesem Abend aber gar nicht da, nur der schreckliche, eingebildete, gemeine Vladislav Čepelák war gekommen. Er hatte sich die wilden schwarzen Bauernhaare mit Pomade zur Seite gekämmt, er war frisch rasiert und roch schon von Weitem übertrieben süß nach Pitralon, aber vielleicht war es auch irgendein ausländisches Rasierwasser, jedenfalls wirkte er noch siegessicherer als sonst. Er saß oben im ersten Stock in der Bibliothek, wo ich vorher nie war, in einem von diesen tiefen, schweren, eleganten, dunkelroten Vorkriegssesseln, und als ich ihn begrüßte, sah ich mich plötzlich selbst in dem großen, leicht schräg hängenden Spiegel hinter ihm. Im Filmklub hingen ja überall Spiegel, so wie bestimmt in jedem Tisch ein verstecktes Mikrofon eingebaut war, und vielleicht waren auch hinter den Spiegeln Kameras verborgen, aber das war mir in diesem Moment völlig egal. Ich schaute mich an und sah über Čepeláks Kopf die Reflexion einer fremden, einsamen, jungen Frau, die aber gar nicht mehr jung war – obwohl sie den gleichen modernen Pony und die gleichen dunkelblau geschminkten, riesigen Augen hatte wie die Frauen aus ihrer Zeitschrift, obwohl sie ein viel zu kurzes, tulpenrotes Mary-Quant-Kleid trug und dazu diese hohen, hellen Wildlederstiefel, die sie sich das letzte Mal in Cannes von ihren letzten Franken gekauft hatte, weshalb sie den Rest der Zeit meistens Hunger hatte. Und während nun also der schrecklich freundliche, jetzt schon viel zu laut atmende Barrandov-Wichtigtuer aufstand, während er mir die Hand küsste, den Sessel für mich vorschob und wartete, bis ich mich gesetzt hatte, starrte ich mich immer weiter selbst an, und dann fing ich wieder an zu weinen.

›Natalia, Sie müssen doch nicht weinen‹, sagte dieser selbstverliebte Idiot, nachdem er sich wieder gesetzt und für mich und für sich einen schrecklichen ungarischen Rotwein bestellt hatte. ›Wir werden Ihren Film machen. Und wenn Sie wollen, genau so, wie Sie es wollen! Das hängt ganz allein von Ihrer Kooperation auf einem ganz anderen Gebiet ab.‹

Ich nahm mein Glas, aber weil ich so zitterte, stellte ich es gleich wieder hin, ohne zu trinken.

›Sie sind eine sehr schöne Frau‹, sagte er. ›Sie sind sogar noch schöner als die Brejchová, wissen Sie das?‹

Jetzt nahm ich das Glas mit beiden Händen, ich trank einen großen Schluck und stellte es vorsichtig wieder hin, aber dabei verschüttete ich etwas von dem Wein, und während ein paar kleine, dunkelrote Tropfen über die weiße Tischdecke kullerten, beschloss ich, ab jetzt immer nur Nein zu sagen, egal, was Čepelák von mir wollen würde.

›Sitzt Ihr Ehemann eigentlich noch im Gefängnis, Natalia? Es muss sehr schwer sein, so lange ohne Mann zu sein – oder?‹

Ich schüttelte, wahrscheinlich fast unsichtbar, den Kopf.

›Jetzt wischen Sie sich doch erst mal die Tränen weg! Und denken Sie an Ihre sympathische, lebenslustige Hanka Zweigová! Was würde die an Ihrer Stelle machen? Würde sie weinen? Oder würde sie trinken und feiern und diesen Abend genießen? Ich glaube‹ – er beugte sich zu mir vor und nahm meine kleine, kalte Hand in seine riesige, weiße Hand – ›sie würde vor allem wissen, wie wichtig Dankbarkeit ist und dass man sie auch ganz offen zeigen muss. Hat sie nicht so den Krieg im SS-Kasino von Theresienstadt überlebt, diese kleine, verruchte Schlampe?‹ Er grinste und schnaufte wieder und streichelte abwechselnd meinen Daumen und meinen Zeigefinger. ›Und wie hat sie sich so schnell hinterher in unserem Land zurechtgefunden, das eigentlich gar nicht mehr ihr Land war? Mit guter Laune, genau – und weil sie jedem, dem sie ein bisschen von ihrem Glück verdankte, ihre Dankbarkeit zeigte. Oder habe ich etwas an Ihrer Geschichte falsch verstanden?‹

Noch während Čepelák redete, mein lieber, für immer unerreichbarer Sjoma, musste ich wieder an dich und mich auf dem Balkon in der Koperníkova denken. Ich dachte daran, wie du mir vorgeworfen hast, dass ich deinen Vater auf dem Gewissen hätte, und plötzlich wollte ich selbst kurz sterben oder wenigstens drei Tage und drei Nächte weinen. Dann dachte ich an Dima, der fünf Jahre weg war, weggeschlossen in Pankrác, in einer winzigen, schwarzen Zelle, was mich zuerst gefreut hatte, aber dann machte es mich unglücklich, und jetzt machte es mich noch viel unglücklicher, dass er bald wieder nach Hause kommen würde. Und ich dachte an meine ersten Jahre als Studentin auf der FAMU, lange bevor ich selbst die Spielfilmabteilung übernehmen durfte, als mir diese verdammten tschechischen und slowakischen Ex-Kollaborateure und Antisemiten nie erlauben wollten, auch nur einen einzigen Übungsfilm über den Krieg so zu machen, wie ich ihn machen wollte. Ich dachte an die vielen Betten, in denen ich am Anfang gelegen und diesen Heuchlern zwischen den Umarmungen meine Kunst verkauft hatte. Ich dachte wieder an Dima, der nie etwas davon wusste. Und dann dachte ich daran, wie ich dir in einer langen, weißen Leningrader Nacht ewig erklärt habe, warum ich kein Kind mit dir wollte. Worauf du irgendwann, müde und enttäuscht von meinen wirren Rechtfertigungen, gesagt hast: ›Es tut mir leid, Natalia, dass ich die Deutschen mehr hasse als du, aber ich kenne sie ja gar nicht …‹

Und plötzlich hasste ich die Deutschen auch, das erste Mal, seit sie mich in Blansko wie Müll auf einen Wehrmachtslastwagen geworfen hatten! Plötzlich dachte ich, was bin ich, eine ewige, grinsende Puppe, die ihren Schmerz immer nur weglächelt? Wog ich nicht am 9. Mai 1945 nur noch 38 Kilo, habe ich nicht Mama, Papa und den kleinen Gerschon in Sobibor verloren? War ich nicht schuld am Tod meiner eigenen Schwester? Dann wischte ich mir die Tränen weg, ich nahm das Weinglas, das vor mir stand, und meine Hände zitterten zum Glück nicht mehr. Ich holte langsam und dramatisch aus, um den Rest meines Weins in das riesige, dumme, weiße Gesicht von Vladislav Čepelák zu schütten – aber stattdessen stellte ich es wieder ganz ruhig hin und sagte: ›Ich habe noch mal darüber nachgedacht, was Sie über das Ende von *Hanka Zweigová* gesagt haben, Genosse Čepelák. Sie haben völlig recht, Hanka muss sterben. Danke für Ihre tolle Idee mit dem Selbstmord. Was würden Sie dazu sagen, wenn ich Hanka zum Schluss aus dem Fenster werfe?‹

Den Rest der Geschichte kennst du, Sjoma: Zwei Jahre später die große Premiere in der Lucerna, wo der Applaus nach der Vorführung fast zwanzig Minuten dauerte. Komplizierte, hochintellektuelle Liebeserklärungen in Plamen und Rudé Právo, aber auch in Cahiers du Cinéma und in dieser deutschen Filmzeitschrift, deren Namen ich inzwischen vergessen habe. Dann der Hauptpreis in Locarno, dann die Regieangebote aus Amerika und Italien, dann Berufsverbot bei uns, im Januar 1969, nur ein halbes Jahr nach dem Einmarsch der Russen, dann Kanada, Montreal, mit Ettie und Dima, und diese schmutzige, kleine Wohnung in Mile End, dem jüdischen Armenviertel, in der ich bis heute noch nichts geschrieben habe, nicht einmal ein kleines Exposé oder ein paar Notizen zu einem neuen Film. Ja, ich weiß, was dein kluger jüdischer Kopf jetzt denkt – vielleicht wäre es doch besser gewesen, wenn sie an diesem Abend mit Vláďa Čepelák ins Bett gegangen wäre! –, und wahrscheinlich hast du sogar recht damit. So what, wie sie in Mile End sagen würden …

Ich glaube, Sjoma, ich werde nie wieder einen Film drehen – aber das ist mir auch egal. In Montreal sind mir andere Dinge wichtig als früher in Prag. Vor allem muss ich hier niemanden mehr belügen, ich muss keine echten und falschen Pläne machen, ich muss nicht insgeheim denken, dass ich klüger bin als andere und es ihnen verschweigen, ich muss nicht mehr mit schwitzenden, stinkenden Tschechen schlafen, damit sie mich meine Arbeit machen lassen, ich muss nicht traurig sein, wenn es dann trotzdem nicht klappt – und ich muss nicht noch viel trauriger sein, wenn es doch klappt.

Willst du wissen, was ich hier stattdessen mache? Ich lese natürlich sehr viel – meistens Französisch, stell dir vor –, ich gehe im Park La Fontaine spazieren, wo es einen sehr schönen Brunnen gibt und fast so schöne Hügel und Bäume wie in der Grébovka. Ich sitze, wenn Ettie und Dima nicht da sind, auf der Feuertreppe und rauche, ich sitze, wenn sie schon schlafen, auf der Feuertreppe und rauche, ich schaue in den dunklen Nachthimmel, der aber nie grau, sondern blau ist, und oft möchte ich einfach in ihn hineinspringen und für immer darin verschwinden.

Oder ich sitze in der Cafeteria im Jewish Community Center und beobachte die alten Männer und Frauen beim Essen und Streiten und denke, dass meine Eltern hier heute vielleicht auch sitzen würden, wenn sie nicht irgendwann aus dieser Welt verschwunden wären, so als hätte man sie einfach weggezaubert. Und einmal in der Woche schaue ich meiner armen Ettie beim Schwimmunterricht im Centre de l'Immaculée-Conception zu, wo an der Kasse meist eine junge Nonne mit dieser hohen, schwarzen Haube sitzt, wie sie sie auch die Nonnen in Blansko gehabt hatten. Und manchmal gehe ich natürlich auch arbeiten, dreimal in der Woche, um genau zu sein, oben, in Westmount, auf dem oft von Nebel und Nieselregen eingehüllten Mount Royal, wo ich bei einer märchenhaft reichen jüdischen Familie saubermache und bügele und mich jedes Mal darüber wundere, dass es Juden gibt, die so reden und sich so bewegen und anziehen, als wären sie feine englische Herrschaften. Aber das war ja beim Taten auch ein bisschen so, oder?

Am liebsten esse ich aber – wenn es geht, allein – bei Schwartz's auf dem Boulevard St. Laurent ein Pastrami-Sandwich und wundere mich, wieso es dort immer so still ist, auch wenn jeder einzelne Tisch besetzt ist. Du musst wissen, Sjoma, dieses Montreal ist eine sehr ruhige Stadt. Es ist überall fast unnatürlich ruhig, auf den Straßen, in den Parks und Autobussen, und ich mag diese Ruhe sehr gern, obwohl sie mich am Anfang etwas verwirrt hat. Aber seit ich in der Montreal Gazette gelesen habe, dass sich hier jedes Jahr fast so viele Menschen das Leben nehmen wie in Tokio und Helsinki, habe ich eins und eins zusammengezählt und alles verstanden: Wer sich auf die einsame, schöne Zeit im Jenseits freut, muss im Diesseits nicht mehr so viel mit den anderen sprechen, richtig? Das hat mich natürlich zuerst noch mehr erschreckt, aber am Ende hat es mich sehr beruhigt und fast ein bisschen glücklich gemacht – weil ich auf diese Art vom Schicksal oder von ganz, ganz oben oder von wo auch immer einen Tipp bekommen habe, was ich zu tun hätte, wenn ich nicht mehr weiter wüsste, wegen Dima, Ettie und dir. Du musst dir aber trotzdem keine Sorgen um mich machen, das wird natürlich niemals passieren. Ich will doch nicht dem widerlichen Vláďa Čepelák den Gefallen tun, dass eine echte KZ-Überlebende, dass eine Jüdin aus Fleisch und Blut ganz freiwillig aus dieser Welt verschwindet!

Noch, mein Lieber, ist es November, aber der Winter hat schon begonnen. Er kommt jeden Tag näher, jeden Tag haben wir ein paar Grad weniger, jeden Tag wird der Wind stärker und feuchter, und vorgestern hat es das erste Mal in diesem Jahr geschneit. Ich bin an diesem Tag schon ganz früh morgens – es war dunkel und auf den Straßen stiller als sonst – in meinen Park gegangen. Überall lag hoher Schnee, er lag auf den Wiesen und Wegen und war noch völlig glatt und unberührt. Niemand war außer mir dort, sogar die großen, dummen, zutraulichen Eichhörnchen, die mich sonst immer wie bettelnde Dritte-Welt-Kinder umzingeln, waren verschwunden. Und plötzlich musste ich wieder an Kunzewo denken, das wollte ich dir auch noch erzählen. Als ich damals beim Taten war, hatte es auch den ganzen Tag geschneit, und nachdem er mir für euch das Geld und die Bücher gegeben und ich meinen Tee ausgetrunken hatte, zog ich mich langsam an, und er brachte mich schweigend zur Straße, wo das Auto stand, und es schneite immer noch.

Euer Haus war ja das einzige Haus weit und breit, erst ein paar hundert Meter weiter stand eine zweite ähnliche riesige, zweistöckige Datscha aus Holz, auch hinter einem langen, hohen, grünen Holzzaun versteckt, und sie war an diesem Tag auch in diesem riesigen Bett aus kristallweißem, summendem Neuschnee halb versunken. Es herrschte völlige Stille – genauso wie vorgestern in Park La Fontaine –, und bevor der Tate mich zum Abschied umarmte, sagte er plötzlich in diese überwältigende, fast kosmische Ruhe hinein: ›Jeder von uns, Natalia, hat genau die Zeit zu leben, die der Raboinu für ihn vorgesehen hat – also hör auf, dir Sorgen um mich zu machen! Und richte das auch meinen beiden Söhnen in Prag aus, die immer noch glauben, sie müssten wegen mir auf der falschen Seite der Welt leben und versuchen, hier glücklich zu werden …‹

Ich glaube, Sjoma, ich habe dir und Dima nie gesagt, was euer Vater euch damals bestellen ließ. Inzwischen ist es dafür natürlich zu spät, jetzt, wo du und Dima – so wie Lev und Wladimir – ohnehin auf der richtigen Seite der Welt lebt. Aber immer, wenn ich mich frage, was ich selbst hier mache, fallen mir seine Worte ein, und danach bin ich wieder ganz froh, aus der Tschechoslowakei weggegangen zu sein, obwohl du und ich hier im Westen noch viel weiter voneinander getrennt sind als früher in Prag.

Bitte, vergiss mich also nicht! Und träume wenigstens auch ab und zu davon, wie wir im Café Slavia sitzen und lachen und reden und ich zu dir sage, dass ich zu dir zurückkehren möchte. Deine Natalia.«

Drei Monate, bevor mein Vater in Prag starb, ging er mit Cilja, seiner ukrainischen Pflegerin, in Hamburg auf dem Grindelhof spazieren. Er ging sehr langsam, weil er Rückenschmerzen hatte, sein linkes Bein tat ihm sehr weh, und ihm war schwindlig. Er blieb immer wieder stehen, er stützte sich mit einer Hand auf den Stock, mit der anderen Hand lehnte er sich gegen einen Baum oder eine Hausmauer und atmete laut und schwer. Dann ging er wieder ein paar Schritte, und Cilja, die seinen Arm hielt, sah ihn freundlich und konzentriert von der Seite an und sagte irgendwann: »Nicht so schnell, Herr Biller, Sie haben doch noch so viel Zeit vor sich!« Und sie lachten beide.

Als sie wieder einmal stehenblieben – diesmal vor dem Etrusker, wo meine Eltern, meine Schwester und ich schon in den siebziger Jahren ab und zu Spaghetti mit Muscheln oder Pizza gegessen haben –, lehnte sich mein Vater mühsam mit dem Rücken gegen die große, glänzende Fensterscheibe des Restaurants. Er wischte sich mit dem karierten Stofftaschentuch, das er immer dabei hatte, die schwitzende Stirn ab, und dann sagte er auf Tschechisch zu Cilja: »Wissen Sie, Cilja, wo ich am liebsten bin? In Prag. Ich würde so gern noch ein letztes Mal hinfahren und dann für immer dort bleiben ...«

Cilja – ihren Nachnamen weiß ich bis heute nicht – hatte in der Ukraine Wirtschaftswissenschaften studiert, konnte aber in ihrem Land nie eine gut bezahlte, interessante Arbeit finden. Sie war blond, fast weißblond, sie hatte ein klares, einfaches, intelligentes Gesicht, in dem man selten erkennen konnte, was sie gerade dachte oder fühlte, und sie erzählte meinen Eltern, dass sie deshalb zu Hause von allen Cilja gerufen wurde – sie hieß eigentlich Vasylyna –, weil es bei ihnen früher viele Juden gegeben hatte, und Cilja war ein alter jüdischer Mädchenname.

Cilja kam aus Munkačevo, aus einer kleinen, sehr bekannten k. u. k.-Stadt in den ukrainischen Karpaten, die nur fünfzig Kilometer von Kobelecka Poljana entfernt war, dem Dorf, in dem der Tate – mein

Großvater – aufwuchs, bevor er im Ersten Weltkrieg österreichischer Soldat wurde, in russische Kriegsgefangenschaft geriet und für immer in Russland blieb. Inzwischen lebte und arbeitete Cilja aber seit mehr als zwanzig Jahren in Prag, wenn sie nicht gerade anderswo Arbeit hatte – und sie hatte schon genauso lange chronische Kopfschmerzen. Sie ging mit den Kopfschmerzen schlafen, sie wachte mit den Kopfschmerzen auf, und nur wenn sie im Sommer einen Monat in Munkačevo bei ihrer Familie verbrachte, tat ihr der Kopf keine Sekunde weh.

An dem Tag, an dem mein Vater in Prag beerdigt wurde, hatte Cilja so schlimme Kopfschmerzen wie lange nicht mehr, und als wir später alle zusammen im Wohnzimmer in der Mánesova saßen, erzählte sie meiner Mutter, meiner Schwester und mir, was mein Vater zu ihr vor dem Etrusker gesagt hatte.

»Was für ein Gauner«, sagte meine Mutter. »Er hat schon immer das gekriegt, was er wollte.«

Und dann lachten wir alle.

5.
Aktion Bruder

An dem Tag, als Onkel Lev und mein Vater sich nach über zwanzig Jahren das erste Mal wiedersahen, wachte Onkel Lev morgens nicht in seinem Bett im Schlafzimmer auf, sondern in dem alten russischen Armeefeldbett, das er am Abend vorher aus dem Keller hochgetragen und im kalten Wohnungsflur aufgestellt hatte. Es war der 14. November 1986, draußen war es fast noch so dunkel, als wäre es Nacht, aber weil er vom Limmatplatz immer wieder das Klingeln der Straßenbahnen hörte und alle Fixer und Drogenhändler von Zürich inzwischen schlafen gegangen waren und darum auch keinen Lärm mehr unter den Fenstern seines Hauses in der Neugasse machten, wusste er, dass er bald aufstehen musste. Er schloss trotzdem noch mal die Augen, er wickelte sich noch fester in die raue, grüne, eingerissene Militärdecke ein, die ihm Onkel Wladimir damals im Ausbildungslager in Busuluk zusammen mit dem Klappbett besorgt hatte, und als er wieder aufwachte, war es immer noch dunkel, und es waren keine drei Minuten vergangen.

Das Klappbett hatte Lev schon immer Glück gebracht, und Glück würde er auch heute brauchen. Im Frühjahr 1943, nach der kurzen und sinnlosen Schlacht von Sokolowo, hatte er sich wochenlang mit Fieber und zwei stinkenden, eiternden Wunden in beiden Schultern laut schreiend und wimmernd darauf herumgewälzt, aber dann wurde er trotzdem gesund, gerade noch rechtzeitig, um mit General Svoboda, Wladimir und dem Rest der schlecht gelaunten tschechoslowakischen Exilanten-Brigade der Roten Armee dabei zu helfen, Kiew zu befreien. Nach dem Krieg, in Westberlin, hatte er dann in der Militärmission der ČSSR monatelang auf seinem geliebten Feldbett geschlafen, und zwar hatte er so gut darauf geschlafen, dass er an dem Vormittag, als die Engländer im Haus Brandenburg bei einer Razzia alle Mitglieder der Uschgorod-Bande verhafteten, mal wieder erst mittags wach wurde und sich so ein paar Jahre in der halb zerbombten und ewig überfüllten Strafanstalt Tegel sparte. Ins Haus Brandenburg, das damals wahrscheinlich das beste und teuerste Restaurant von ganz Berlin war, ist er danach leider nie wieder gegangen, denn wenn Micky Katz nicht da war, der große Menschenfreund und erstaunlich gebildete Chef der Uschgoroder, musste Lev seine Rechnung immer selbst bezahlen, und dafür war er zu geizig.

Und wie war das genau im warmen, hellen Dezember 1952 gewesen?, dachte Lev lächelnd und drehte sich, von der nächtlichen Kälte im ungeheizten Flur noch ganz steif, wieder auf die andere Seite. Als ihn eine Woche nach der Hinrichtung von Slánský, Löbl und den anderen morgens um sechs der Geheimdienstchef der Militärmission anrief und ihm befahl, sich sofort für die Fahrt zurück nach Prag fertig zu machen, hatte Lev ihm bloß lachend geantwortet: »Später, Genosse, ich kann gerade wirklich nicht!« Danach hatte er sofort aufgelegt und stattdessen auf der inzwischen ziemlich wackeligen, knarrenden Feldliege zum dritten oder vierten Mal in dieser Nacht mit einer ihm völlig unbekannten jungen Deutschen geschlafen. Eine Stunde später rief ihn der sonst immer so kühle Wladimir aus Rio an und sagte aufgeregt, dass jetzt auch sie, als Löbls Freunde und Schützlinge, dran wären. Alle Juden im diplomatischen Dienst sollten nach Prag zurück, damit die Kommunisten sie dort wie Slánský vor Gericht stellen und hinrichten konnten, und deshalb müsse Lev – das sagte Wladimir plötzlich wieder ganz streng und ruhig – auf der Stelle seine Sachen packen und so schnell wie möglich aus dem Missionsgebäude verschwinden.

Spätestens an diesem Morgen im Dezember 1952 hatte Lev begriffen, dass seine alte Busuluk-Liege ihm Glück brachte. Darum nahm er sie, so lächerlich er das selbst fand, bei seiner panischen Flucht aus der Podbielskiallee mit und ließ lieber die gesammelten Werke von Tschechow und Tolstoj, die drei Meter Fachliteratur, die er seit Moskau mit sich herumschleppte, und seine neuen russisch-deutschen Chemiewörterbücher in der Militärmission zurück, denn die Bücher konnte er sich alle wieder kaufen. Und als er dann Ende der sechziger Jahre von Berlin nach Zürich umzog, trug er die Liege mit eigenen Händen in den Möbelwagen und verstaute sie dort so vorsichtig, dass ihr nichts passieren konnte, und in Zürich trug er sie wieder selbst in die neue Wohnung in der Neugasse hoch. Alles andere – die schweren Bücherkisten, die Teppiche und Möbel – fasste er aber nicht an, das gefährliche Heben und Tragen überließ er den Speditionsleuten, denn er war ja nicht so verrückt und geizig wie Dima, den seine ewige Geldzählerei jetzt also umgebracht hatte.

»Der Dummkopf hat wirklich gedacht, er ist immer noch zwanzig und könnte einen ganzen Umzug allein machen!«

Genau das hatte mein Vater vorgestern statt einer Begrüßung wortwörtlich zu Lev gesagt, bei ihrem ersten Telefongespräch seit zwanzig Jahren, nachts um halb zwölf, als Lev noch über dem Antrag für das neue Polyaminat-Patent gesessen hatte. Er war so überrascht gewesen, die ihm vertraute und zugleich fremde Stimme zu hören, dass er nicht gleich wieder auflegte.

»Zum Schluss hat er«, fuhr mein Vater leise fort, »ganz allein einen riesigen Biedermeiersessel in den dritten oder vierten Stock hochgeschleppt, und dabei ist er einfach zusammengebrochen. Es war die Magenaorta, geplatzt wie ein Luftballon.«

»Wieso musste er überhaupt umziehen?«, hörte Lev sich schließlich irgendwann selbst bei dem ihm so unangenehmen Telefongespräch sagen.

»Er wollte zu seiner neuen Freundin ziehen«, sagte mein Vater leicht verächtlich. »Sie ist eine echte Schweizerin. Ihr letzter Mann war aber ein pakistanischer Arzt, stell dir das vor! Sie ist wegen ihm zum Islam konvertiert. Wenn Dima den Umzug überlebt hätte, hätte er nie wieder in seinem Leben Schweinefleisch essen dürfen.«

Sie lachten beide, so wie Männer lachen, wenn sie sich darüber einig sind, dass in Wahrheit sie das schwache Geschlecht sind. Dann schwiegen sie eine Weile, und dann sagte Lev: »Und jetzt willst du bestimmt, dass ich zur Beerdigung komme.«

»Mach, was du willst«, sagte mein Vater.

»Ja, das mache ich auch«, sagte Lev. »Denn Dima hat ja auch immer gemacht, was er wollte, nicht wahr?« Danach hatte er, ohne Auf Wiedersehen zu sagen, aufgelegt und ziemlich lange aufs Telefon gestarrt, und er hat sogar versucht, ein bisschen zu weinen, aber es ging nicht.

Würde ihm seine russische Feldliege heute auch Glück bringen?, überlegte Lev jetzt so ernst, als müsse er ein kompliziertes wissenschaftliches Problem lösen. Und was genau wünschte er sich überhaupt von diesem hässlichen Novembertag?

Er schloss noch einmal die Augen, er versuchte, sich vorzustellen, wie mein Vater, den er schon so lange nicht mehr gesehen hatte, heute wohl aussah, aber es kam kein Bild, nichts, nicht einmal die Erinnerung an eine alte Fotografie. Doch, an ein Foto konnte er sich erinnern: Sie waren zu viert in der Bar des Hotels Alcron am Wenzelsplatz in Prag, Wladimir, Dima, Sjoma und er, irgendwann im Frühjahr 1948. Sie trugen alle große weiße Matrosenmützen, die Wladimir irgendwo für diesen Tag besorgt hatte. Jeder hatte eine brennende Zigarette im Mundwinkel, sie grinsten glücklich und frech, und Lev konnte sich nur nicht daran erinnern, was sie an diesem Abend feierten. Den Februarputsch, also den unblutigen und lange erwarteten Sieg der Bolschewiken? Wohl kaum, denn nur Sjoma war wirklich auf ihrer Seite gewesen. Oder dass sein alter UNRRA-Freund Eugen Löbl, dessen Einfluss im Außenhandelsministerium in den Monaten nach dem kommunistischen Umsturz praktisch täglich wuchs, Wladimir nach Rio und ihn selbst nach Berlin schickte, beide als Wirtschaftsattachés? Oder dass Sjoma – nach seinem erstklassigen Abitur auf der Prager russischen Schule – nach Russland zurückgehen sollte, um in Leningrad Geschichte zu studieren? Lev kam einfach nicht darauf, egal, wie lange er darüber nachdachte. Er konnte sich nur noch daran erinnern, dass dieses Foto eine Weile in Dimas und Sjomas Küche in der Francouzská hing, und dass Dima auf Russisch darunter geschrieben hatte: »Alle für einen, aber nur einer für sich selbst.«

Ja, genau, das passte wirklich sehr gut zum egoistischen Schwächling und Verräter Dima, dachte Lev wütend, und endlich schlug er die viel zu dünne

Armeedecke zurück. Er stand ruckartig auf und ging durch den kalten Flur frierend ins warme Bad, wo er zum Glück über Nacht meistens die Heizung anließ. Er machte das große Licht an, dann schaltete er auch das kleine Licht über dem Spiegel ein und betrachtete wie jeden Morgen lange und konzentriert sein Gesicht. Es war ein merkwürdiges Gesicht, das dachte er oft. Es war das Gesicht eines älteren Mannes – Lev war in diesem Jahr 58 geworden –, der zwar jünger aussah, als er es war, aber das kam natürlich nur davon, dass er noch immer das schöne, freie und ein bisschen leere Leben eines unverheirateten Mannes führte. Darum hatte er ja auch Angst, dass schon bald der Morgen kommen würde, an dem er plötzlich in seinem Badezimmerspiegel einen armen, einsamen Kerl entdecken würde, der über Nacht zum Greis geworden war.

Heute war aber alles ganz normal, dachte Lev, während er sich langsam und noch immer leicht frierend rasierte. Dann putzte er sich viel zu kurz die Zähne, obwohl er wusste, dass es wie immer zu kurz war, er kämmte sich mit seiner runden blauen Plastikbürste, die er noch aus Prag hatte, sein volles, rotblondes, jugendliches Haar – und dann fiel ihm ein, dass er nach dem Rasieren seltsamerweise das Aftershave vergessen hatte, was ihm eigentlich nie passierte. Und während er es mit lautem Klatschen leicht geistesabwesend auf beiden Wangen verteilte, sah er plötzlich nicht sich selbst im Spiegel, sondern den Taten, dem er mit seiner scharfen Nase und den eingefallenen, helldunklen Wangen schon seit seiner Kindheit von allen Brüdern am ähnlichsten gesehen hatte.

Lev machte erschrocken die Augen zu, er machte sie schnell wieder auf, und jetzt erblickte er in dem alten, matten Badezimmerspiegel Dima, den bulligen, immer ein bisschen zu gut genährten Dima mit seiner niedrigen Stirn und den kleinen, unehrlich herumirrenden Augen. Und erst nachdem Lev schnell zur Seite und nach ein paar unangenehmen Sekunden noch einmal in den Spiegel geschaut hatte, sah er endlich wieder sich selbst, und er dachte wütend, dass Dima an allem schuld war. Ja, Dima ganz allein – an Tates Tod, an seiner eigenen, ewigen schlechten Laune und vor allem daran, dass er, Lev, nie wieder jemandem aus dieser verlogenen, lauten, geldgierigen Familie trauen würde.

Als Dima 1960 in Prag auf dem Flughafen verhaftet wurde, weil er vorher der halben Stadt erzählt hatte, er wolle über Belgrad illegal zu ihm nach Westberlin fliegen, hatte ihm sein armer, dummer Bruder zuerst einfach nur leid getan. Während Dima dann seine fünf Jahre in Pankrác absaß, telefonierte Lev regelmäßig mit meinem Vater und mit Natalia, Dimas Frau. Er wollte wissen, was Dima brauchte, er schickte ihm aus Deutschland amerikanische Zigaretten, deutsche Unterwäsche und sogar ein kleines Grundig-Radio, und einmal ließ er Dima auch über meinen Vater ausrichten, dass er sich, genauso wie Sjoma, wegen seines

Anteils an den 40 000 Dollar, die der Tate damals ihm und Wladimir mitgegeben hatte, keine Sorgen machen müsse. Alles sei gut angelegt, ließ er Dima über meinen Vater immer wieder wissen, für später, wenn sie beide mit ihren Familien endlich auch in den Westen fliehen würden, und die beiden Singer-Nähmaschinen, die er ihnen geschickt habe, seien ein Geschenk gewesen und hätten mit dem großen Geld nichts zu tun.

Aber kaum war Dima draußen, fing der Ärger mit ihm wieder von vorne an. Erst schrieb er Lev in einem Brief mit falschem Absender, den die Zensur offenbar übersehen hatte, dass er sofort seine 10 000 Dollar wolle, egal wie. Dann schrieb er dem erschrockenen Lev, dass er die 10 000 Dollar vergessen solle, weil sie mit den gestohlenen Patenten aus dem Metallurgischen Institut zusammen hundertmal so viel Geld machen würden. Und plötzlich rief er ihn aus Prag in Westberlin an und sagte: »Stell dir vor, Lev, ich darf in zwei Wochen nach Ostberlin, ich soll in der Akademie der Wissenschaften über die Grundlagen physikalisch-chemischer Prozesse bei der Kunststoffveredelung sprechen, und wenn du willst, treffen wir uns. Am besten irgendwo in der Nähe der Friedrichstraße. Da kommst du ja auch schnell hin, oder?« Und dann fügte er geheimnisvoll hinzu: »Was kostet eigentlich eine S-Bahn-Fahrt von der Friedrichstraße nach Westberlin, wenn man einen schönen neuen belgischen Pass hat?«

Das war also die Aktion Bruder gewesen, die sich die StB-Leute zusammen mit den Russen und den

Ostdeutschen ausgedacht hatten, um sich Lev, als wäre er eine Art antikommunistischer Eichmann, zurückzuholen. Dima und er sollten sich im Restaurant Ganymed am Schiffbauerdamm treffen, über das man erzählte, es sei das beste in ganz Ostdeutschland und fast so gut wie das Haus Brandenburg oder das Maxim's in Paris. Er sollte glauben, dass Dima mit ihm nach dem Mittagessen mit seinem gefälschten belgischen Pass einfach nach Westberlin fahren würde, aber stattdessen sollte er in dem Restaurant vor den Augen von Helene Weigel und Walter Ulbricht oder wem auch immer verhaftet werden – und zwar genau dann, wenn Dima gerade auf der Toilette wäre.

»Ja, ja, dein kleiner, weicher Bruder ist wirklich sehr empfindlich«, hatte Honza Kvapil, sein alter Freund und Lieblingsgoj aus der Svoboda-Brigade, zu Lev am Telefon gesagt, als er ihn erst am Morgen vorher aus Prag in Berlin angerufen und ihn gerade noch rechtzeitig vor Dima und dem Treffen im Ganymed gewarnt hatte, »so eine grausame Kain-und-Abel-Geschichte ist wirklich nichts für ihn. Der versteckt sich lieber auf dem Pissoir, wenn es ernst wird! Aber andererseits – wer will schon mit ansehen, wie der eigene Bruder abgeführt wird, vor allem, wenn man selbst daran schuld ist?«

Lev betrachtete noch einmal sein unfreundliches, kleines Osteuropäergesicht im Badezimmerspiegel. Dann machte er schnell das Licht im Bad aus und ging ins Schlafzimmer, wo er noch gestern Nacht die Kleidung für den heutigen Tag rausgelegt hatte. Das weiße Hemd und die schwarze Krawatte hingen über einem der beiden kleinen gelben Cocktailsessel, die schon in Berlin in seiner schönen, übertrieben großen Wohnung in der Wundstraße mit Blick auf den stillen, schwarzen Lietzensee gestanden hatten. Die Anzughose und die Jacke lagen aber weit ausgebreitet auf dem Bett wie eine schwarze Vogelscheuche, oder nein, eher wie eine riesige Leiche. Lev erschrak bei diesem Anblick zuerst kurz, doch dann musste er über den eigenen Witz lachen. Solche Witze hatten sie früher in der Armee auch oft gemacht, vor allem er selbst und der immer ein bisschen hinterhältig grinsende Honza Kvapil, während Wladimir jedes Mal nur böse über sie das Gesicht verzog. Sie hatten zum Beispiel immer wieder laut lachend das Heydrich-Attentat nachgestellt, also die ersten Sekunden, als der berühmte Leutnant Gabčík merkte, dass seine Maschinenpistole eine Ladehemmung hatte und er trotzdem weiter wie ein kleiner Junge mit einem Holzgewehr auf Heydrichs Wagen zielte, statt endlich die tödliche Granate zu werfen. Sie hatten einander vor jedem Kampf einen schnellen Tod und eine hoffentlich nicht allzu vollgeschissene Hose gewünscht. Und als Honza am Dukla-Pass vom deutschen MG-Feuer im Bauch getroffen wurde und Lev ihn wegschleppte, sagte er zu ihm: »Sag mal, Lev, warum kämpft ihr Juden eigentlich mit uns gegen Hitler? Wir mögen euch doch auch nicht, und wir werden euch schon bald genauso jagen wie er.«

Nein, der liebe, böse, ehrgeizige Honza Kvapil mit dem ein bisschen zu dicken, zu gemütlichen Josef-Lada-Gesicht hätte ihn 1965 wirklich nicht vor Dima warnen müssen, es war für ihn, den zweiten Staatssekretär im Innenministerium und ehemaligen Geheimdienst-Referenten, lebensgefährlich. Er hatte es aber trotzdem getan – »Wegen der alten Zeiten, Lev, aber bitte mich nie wieder um etwas!« –, und nachdem er Lev von seinem abhörsicheren Dienstapparat auf der Letná alle Details der Aktion Bruder erklärt hatte, schwieg der erstaunte, erschrockene Lev in Berlin lange. Dann sagte er: »Sag mal, Honza, warum rettest du mir heute den Arsch? Wegen der Sache am Dukla-Pass – oder weil du willst, dass die Aktion Bruder schiefgeht und ihr euch nicht schon wieder mit einem stinkenden, widerspenstigen Juden herumschlagen müsst?« Dann lachten sie beide so wie früher, und nachdem sie aufgelegt hatten, wusste Lev, dass er an diesem Tag natürlich nicht nach Ostberlin fahren und ins Ganymed gehen würde – und er beschloss in derselben Sekunde, nie mehr mit einem seiner Verwandten zu sprechen, geschweige denn, einem von ihnen zu vertrauen. Dafür hatte er nicht einmal besonders viel Willen oder Überwindung gebraucht.

Nachdem Lev die Hose und das Hemd angezogen hatte, nahm er die Krawatte vom Sessel und legte sie um seinen Hals, aber plötzlich dachte er, nein, auf keinen Fall, ich gehe nicht hin.

Er ließ sich wütend aufs Bett fallen, stand aber sofort wieder auf, er band sich vor seinem großen Interlübke-Spiegelschrank, der auch noch aus Berlin stammte, mit drei, vier schnellen, geübten Bewegungen die Krawatte um, dann setzte er sich ein zweites Mal hin und zog langsam seine schwarzen, glänzenden Budapester-Schuhe an, die er schon gestern Abend geputzt hatte. Nachdem er sie wie immer etwas zu fest zugebunden hatte, machte er die Schnürsenkel wieder auf, lockerte sie und band sie noch mal. Dann nahm er das Jackett vom Bett, und er wollte gerade aufstehen und in die Küche gehen, um trotz dieser schrecklichen Übelkeit, mit der er bereits aufgewacht war, zu frühstücken, als sein Blick auf den kleinen falschen Rembrandt fiel, der über dem Bett hing.

Er mochte das Bild nicht besonders, er fand es zu dunkel und die junge Frau mit der Knollennase darauf zu dick und zu ernst, aber es hing schon immer über seinem Bett. Es hing in der Podbielskiallee, es hing in der Wundstraße, und jetzt hing es eben hier, in der Neugasse, und in dem grauen, weichen, klebrigen Züricher Novemberlicht, das von draußen ins Schlafzimmer fiel, sah es noch dunkler und scheußlicher aus als sonst. Warum, fragte er sich auf einmal überrascht, hatte er es nicht irgendwann verkauft oder einfach weggeworfen? Wem wollte er damit etwas beweisen? Und dann verschlug es ihn wieder in die längst vergessenen Berliner Tage zurück.

Als Micky Katz, der freundliche und fast nie brutale

Chef der Uschgoroder, ihm damals das schreckliche Bild geschenkt hatte, bei der großen Geburtstagsfeier, die die Uschgoroder für ihn im Haus Brandenburg organisiert hatten, umarmte er Lev zuerst ganz lange und viel zu fest und flüsterte ihm dabei leise ins Ohr: »Wenn du bei uns mitmachst, Lev-Leben, kannst du dir bald einen richtigen Rembrandt leisten. Nu, was sagst du dazu?« Nichts hatte er dazu gesagt – zum Glück! –, gar nichts, nicht an seinem dreißigsten Geburtstag, als die Kellner im Haus Brandenburg morgens um sechs vom ständigen Nachschenken und Servieren noch müder waren als die ganze betrunkene, jüdische Schwarzhändler-Gesellschaft, und auch nicht in den Tagen und Wochen danach. Und als Micky Katz und Jacek der Blutige und Schmul Drobiner und die anderen ein paar Monate später von der englischen Militärpolizei wie Hühner durch das feine, altmodische Haus Brandenburg gejagt wurden, schlief er – auch zum Glück! – besonders tief und fest auf seiner russischen Armeeliege.

Aber war es wirklich nur Glück? Eigentlich hatten ihn die Kommunisten im Sommer 1948 als falschen Außenhandels-Attaché nach Westberlin geschickt, damit er sich von der tschechoslowakischen Militärmission aus heimlich um Devisen für das über Nacht vom Rest der Welt abgeschnittene Land kümmerte. Der Trick war ganz einfach: Rohkaffee aus Äthiopien und Sambia wurde von der Prager EMPEX in die von den Russen besetzte, kommunistische Zone transportiert, dort wurde er auf inoffizielle Verkaufsstellen in Ostberlin verteilt, wo man nur mit Dollars und englischen Pfund zahlen konnte, aber das auch nur, wenn man ausländische Papiere hatte. Lev machte, was Löbl und die Partei ihm sagten. Er mietete unter falschem Namen Ladenlokale, ließ Zollpapiere fälschen und überwachte die Fahrer, er wog mit eigenen Händen die ersten Kaffeeladungen im illegalen Lager in der Uckermark ab – aber dabei dachte er immer wieder bedrückt, dass die Kommunisten schon deshalb die Welt nicht besser machen würden, weil sie auch keine besseren Menschen waren als alle anderen. Seine Laune wurde erst gut, als die ersten ernsthaften Kunden auftauchten. Denn wer fuhr schon bald mit großen NSU-Kübelwagen und amerikanischen Limousinen in der Weinmeisterstraße, in der Münzstraße und der Schönhauser Allee vor? Micky Katz, Jacek der Blutige und Schmul Drobiner, wer sonst, sie zahlten sofort und handelten nicht, denn sie konnten den afrikanischen Kaffee im Westen für den zehnfachen Preis verkaufen. Und nach jedem Geschäft drückten sie Levs Hand und sagten: »Masel und broche, Reb Jid!«

So hatte Lev also die Uschgoroder kennengelernt – diese kleinen, dünnen, ernsten Männer, die den Krieg in Erdlöchern, Lagern und polnischen Betten überlebt hatten und die Lev mit ihren helldunklen, eingefallenen Vorkriegsgesichtern, mit ihrem altertümlichen Singsang und ihrer primitiven, aber beharrlichen Intelligenz so sehr an den Taten erinnerten. Nein, er mochte sie nicht wirklich, aber er bewunderte sie umso mehr dafür, wie sie, eher Alchemisten als Chemiker, aus Nichts Alles machen konnten – aus zehn Tonnen Kaffee fünftausend Dollar, aus fünftausend Dollar ein Pelzgeschäft, aus dem Pelzgeschäft eine Bar für Engländer und Amerikaner, aus der Bar ein Hochhaus am Zoo. Und dass sie ab und zu jemandem die Beine brechen ließen, dass fast alle Restaurants auf dem Kurfürstendamm unter ihrem zweifelhaften Schutz standen und sie in diesen wilden, unübersichtlichen Jahren schon mal einen Lastwagen mit Batterien, Zigaretten oder französischer Damenunterwäsche überfielen, fand er aufregend, solche Geschichten kannte er ja sonst nur aus dem Kino. Trotzdem reichte das alles nicht, damit auch er ein Uschgoroder wurde und seinen alten Traum vom Forschen und Erfinden aufgab. Er wollte nicht so sein wie sie, denn er wollte nicht wie sein Vater sein – und am liebsten wäre er auch kein Jude mehr gewesen, aber darüber entschied leider ein Jude nie selbst.

»Warum willst du nicht mit uns die schönste Zeit deines Lebens haben, Lev-Leben?«, hatte der kluge Micky Katz ihn damals, an seinem dreißigsten Geburtstag, vor allen anderen laut gefragt, obwohl er die Antwort bestimmt genau wusste. Sie saßen zum Schluss an dem großen Tisch neben dem Fenster im Haus Brandenburg, draußen wurde es hell, auf dem Kurfüstendamm taumelten die Deutschen noch halb verschlafen zur Arbeit oder drängten sich in den schlecht beleuchteten Doppeldecker-Bussen, und die Juden hockten immer noch in dem hell erleuchteten Restaurant an den großen, weiß gedeckten, fleckenübersäten Tischen und feierten. Lev sah Micky an und sagte nichts, er schaute lange in seine kleinen, grauen Tate-Augen, und schließlich sagte Micky: »Nu schoin. Behalt das Bild trotzdem, Lev! Es hat mich nur fünf Stangen American Gold und drei Packungen Pariser gekostet.« Alle lachten, und dann sagte Micky in das Gelächter hinein: »Soll dich doch die kleine, dicke, hässliche Holländerin immer daran erinnern, was für ein anständiger Mensch du bist!«

Bin ich wirklich so anständig, wie Micky Katz glaubte?, dachte Lev jetzt. Bin ich anständiger als er und der Rest seiner Uschgorod-Bande, anständiger als Dima und der Tate, anständiger als alle anderen in meiner gierigen, brutalen, sentimentalen, paranoiden Schtetlfamilie, die immer so dumm waren zu glauben, Geld könne Leben, Seelen und ganze Weltreiche retten?

Er schaute der kleinen, hässlichen Holländerin ein letztes Mal tief in die Augen, dann drehte er sich um, machte das Licht im Schlafzimmer aus und ging in die Küche. In der Küche stand er eine Weile reglos vor dem offenen Kühlschrank, aber irgendwann machte er ihn, ohne die Butter und den Käse rauszunehmen, wieder zu, denn er hatte noch immer keinen Appetit. Er schaltete den Wasserkessel ein und stellte sich, während er darauf wartete, dass das Wasser kochte, ans

Fenster. Er rieb sich die Hände, weil ihm immer noch sehr kalt war, er fragte sich, ob das vielleicht schon die übliche Herbsterkältung war oder nur Angst vor dem heutigen Tag, und dabei schaute er auf die breite, kalte Neugasse hinaus, die in dem trüben Herbstlicht noch trauriger und vergessener wirkte als sonst.

Genau dort drüben, in der Hofeinfahrt des riesigen ARCO-Bürogebäudes, dessen lange Waschbetonfassade ihn immer an ein Parkhaus erinnerte, hatte vor elf Jahren ich gestanden. Ja, das war ich gewesen, wer sonst, Sjomas hübscher, groß gewachsener und ziemlich unsympathischer Sohn, zusammen mit einem Freund, einem dünnen, dummen, noch längeren und völlig unrasierten Kerl. Er hatte mich deshalb sofort erkannt, weil er mich auch schon ein paar Tage vorher in der Stadt erkannt hatte, auf der Limmatbrücke, wo ich mit dem bärtigen Riesen auf der Brüstung gesessen und, so ungeschickt wie ich war, wohl eine der ersten Zigaretten meines Lebens geraucht hatte. Es war verrückt, aber ich sah wirklich genauso aus wie Sjoma, als er fünfzehn oder sechzehn war: die gleiche gerade babylonische Nase, wie sie in der Familie immer gesagt hatten, die gleichen ernsten, viel zu selbstbewussten, fast schon fanatischen, brennenden Augen, die gleichen schroffen, sicheren Bewegungen. Nur meine Haare waren natürlich viel länger, und ich trug nicht wie Sjoma früher eine kleine, randlose Kamenev-Brille, sondern eine von diesen riesigen Tropfenbrillen, die in den siebziger Jahren fast alle hatten.

Ein paar Tage vorher hatte ich ihn angerufen. Ich war bei Dima – das war Lev sofort klar gewesen! –, aber ich erzählte ihm mit meiner noch sehr jugendlichen und schon ziemlich kräftigen Sjoma-und-Tate-Stimme, dass ich allein in Zürich auf dem Bahnhof sei, dass man mir meinen Pass, mein Geld, meine Koffer gestohlen hätte. Er wusste noch sehr gut, wie er erst kurz geschwiegen und überlegt hatte, ob ich nicht vielleicht wirklich seine Hilfe brauchte. Doch dann hatte er nur angewidert gelacht und gesagt, bestimmt hätte Dima mich zu diesem Blödsinn angestiftet, weil er ihn auf diese Art wiedersehen wollte, aber ich und Dima sollten ihn in Ruhe lassen, es hätte keinen Zweck, er würde nicht einmal dann »Guten Tag« und »Entschuldigung« zu Dima sagen, wenn sie einander zufällig auf der Bahnhofstraße oder am Paradeplatz anrempeln würden.

Aber hatte er dann nicht auch noch zu mir gesagt, dass ich ihn wieder anrufen sollte, wenn Dima nicht neben mir saß? Ja, vielleicht, gut möglich, das wusste er leider nicht mehr genau. Er konnte sich nur noch daran erinnern, wie er sich hinterher für seine Kaltherzigkeit geschämt hatte, und zwar so sehr, dass er, als er mich auf der Limmatbrücke erkannte, hektisch weitergegangen und fast gegen die Fußgängerampel gelaufen war. Und als er später von seinem Küchenfenster aus gesehen hatte, wie ich mit meinem Freund vor seinem Haus stand und darauf wartete, dass er herunterkam, da hatte er sich schnell abgewendet und war ins Arbeitszimmer zurückgegangen und hatte dort wie ein Kind, das sich schämt, den Kopf auf den Tisch gelegt. Nach ein paar Minuten hatte er den Kopf aber schnell wieder hochgerissen und wütend alle seine Pläne, Tabellen und Bücher vom Tisch gefegt.

So viel dazu, dachte Lev, ob ich anständig bin oder nicht. Der Wasserkessel fing an, leise zu pfeifen, er pfiff immer lauter und durchdringender, aber Lev stand immer noch wie erstarrt am Fenster und guckte auf das ARCO-Haus und dachte, bestimmt wird es heute nicht mehr heller werden als jetzt. Dann schaltete er den Herd aus und nahm den Kessel von der Platte, aber er machte sich keinen Tee. Er setzte sich, inzwischen leicht zitternd von der Kälte, auf den einzigen Küchenstuhl, den er hatte, und dachte nach.

Sollte er wirklich zu Dimas Beerdigung fahren? Sollte er dort wie der Fremde, der er war, herumstehen und schweigen und dann wieder ohne ein einziges Abschiedswort weggehen? Oder sollte er sich, als sei nie etwas gewesen, mit Sjoma, seinem letzten noch lebenden Bruder, darüber unterhalten, wie es ihm in den letzten zwanzig Jahren gegangen ist? Sollte er ihn vielleicht sogar umarmen und weinend zu ihm sagen, dass auch er seit der Hinrichtung ihres Vaters nicht mehr derselbe Mensch war wie vorher? Oder sollte er ihn stattdessen – und zwar am besten noch vor der Rede des Rabbiners – auf diese typische grobe, hochfahrende, laute Art, die sie alle in der Familie hatten, fragen, ob er von Dimas niederträchtiger Aktion Bruder gewusst und vielleicht sogar selbst etwas damit zu tun gehabt habe? Ja, genau, das sollte er tun, dachte Lev, das musste er sogar tun – aber weil er das natürlich niemals tun würde, hatte es überhaupt keinen Sinn, wenn er heute auf den Jüdischen Friedhof in Friesenberg fahren würde. Er sollte lieber zu Hause bleiben und an der Verbesserung seiner neuen Polyaminat-Formel arbeiten, wie er es eigentlich vorgehabt hatte, oder nicht?

Ja, sehr gut, dachte Lev, genau so mache ich es, und zwar fange ich jetzt gleich mit der Arbeit an! Er lächelte, zufrieden über seinen Entschluss, und er wollte sofort aufstehen, um ins Arbeitszimmer zu gehen – aber es ging einfach nicht. Plötzlich war er so erschöpft, als wäre er nicht eben erst aufgewacht, sondern als sei es schon spät in der Nacht. Seine Beine waren so schwach wie die Beine eines Achtzigjährigen, er zitterte immer mehr, und gleichzeitig hatte er Schweiß auf der Stirn, auf dem Hals, sogar auf den Oberarmen. Dennoch versuchte er noch einmal, sich aufzurichten, leider wieder ohne Erfolg, und deshalb blieb er einfach sitzen und dachte, obwohl er es überhaupt nicht wollte, weiter über die nächsten Stunden nach.

Wer würde alles in Friesenberg auf dem Friedhof sein? Natürlich wäre Dimas eingebildete Frau Natalia da, der man schon damals, als sie noch in Leningrad Sjomas hübsche, exaltierte Geliebte war, ansehen konnte, was für ein verblühtes, selbstverliebtes, ewig beleidigtes Wrack sie vierzig Jahre später sein würde. Und Dimas Tochter wäre da, die er noch nie gesehen hatte, sie hieß Nettie oder Ettie oder so, und bestimmt sah sie genauso dümmlich aus wie ihr dummer toter Vater, bestimmt hatte sie die gleiche Kerbe in ihrem dicken Dima-Kinn und war genauso geschwätzig wie er. Ob auch Rada da war, Sjomas komplizierte und viel zu kluge sowjetische Frau, die sich das Judentum ihrer jüdischen Mutter wegen Sjoma erst wieder mühsam beigebracht hatte? Garantiert! Sie hatte Lev von Anfang an nicht gemocht, darum hatte er sie nicht gemocht, und als Sjoma und sie ihn 1964 das erste und letzte Mal in Westberlin besuchten, da hatte er sie sogar ganz direkt gefragt, was sie an ihm störte, worauf sie ein bisschen kühl und ein bisschen beleidigt gesagt hatte: »Ich rede mit keinem von euch über eure ewigen Geldgeschichten, nicht einmal mit meinem Mann. Aber findest du nicht, Lev, dass du ihm und Dima endlich ihre 20 000 Dollar zurückgeben solltest?« Später hatte er trotzdem das Essen für sie beide bezahlt, obwohl er das gar nicht vorgehabt hatte – sie saßen, weil es bei ihm in der Nähe war, im Restaurant des Kempinski-Hotels –, und er hatte sich deshalb sogar ein paar Tage lang richtig gut gefühlt. Aber irgendwann wurde er wütend, sehr wütend. Er dachte, sie haben es so einfach, sie leben immer noch in Prag, in ihrer schönen, großen Wohnung am Riegerpark, aber ich musste mir in einer fremden, feindseligen Welt eine völlig neue Existenz aufbauen, und eine neue Sprache, ausgerechnet die Sprache der Nazis, musste ich auch noch lernen.

Nein, dachte Lev jetzt, im November 1986, in seiner kalten, dunklen Küche in Zürich, wofür brauchte er das? Die Vergangenheit interessierte ihn nicht, genauso wenig wie ihre Bewohner, das konnten dann sogar seine nächsten Verwandten sein. Als er vor ein paar Jahren am Café Odeon vorbeigegangen war und drinnen den netten, bösen Micky Katz gesehen hatte – ganz orange im Gesicht von zu viel Höhensonne, von oben bis unten geliftet und so lächerlich angezogen wie ein junger, eitler Fasan –, da war er ja auch nicht hineingegangen und hatte ihn umarmt und mit ihm von früher geschwärmt.

Der einzige Mensch, der irgendwie mit seinem alten Leben zu tun hatte, auf den er vielleicht neugierig war, auf den er sich seit Sjomas Anruf vor zwei Tagen fast ein wenig gefreut hatte, das war ich. Er hatte mich einen Monat vorher im Fernsehen gesehen, in einem der beiden deutschen Programme, die man auch in der Schweiz bekam, und er hatte zuerst ganz laut gelacht, so überrascht war er gewesen, als er mich erkannte. Ich war Gast in einer bekannten Talkshow, zusammen mit einem langhaarigen, frechen Politiker und einer Sängerin, die mitten im Gespräch aufgestanden war und einen deutschen Schlager gesungen hatte, der so ähnlich klang wie *Tumbalalaika* oder ein anderes von den alten jüdischen Liedern, nur nicht so langsam und traurig. Ich war inzwischen ungefähr dreißig Jahre alt, ich war nicht mehr der schlaksige, verspannte Junge von der Limmatbrücke, und ich sah immer noch wie Sjoma aus, aber auch ein bisschen wie die weiche, harte Rada. Mein Haar war jetzt ganz kurz, und ich hatte auch schon die gleichen Geheimratsecken wie Sjoma und Wladimir und der Tate und er selbst.

Offenbar hatte ich gerade mein erstes Buch veröffentlicht, einen Roman oder Erzählungen, das wusste Lev nicht mehr genau, und sie hatten mich deshalb eingeladen. Während eine unfreundliche und ziemlich alte Moderatorin, die ein bisschen verliebt in mich war, aufgeregt und grob mit mir redete, hatte Lev genau gespürt, wie unangenehm mir mein – vermutlich erster – Fernsehauftritt war. Die böse Vogelscheuche wollte von mir wissen, wann ich angefangen hätte zu schreiben, warum ich immer so gereizt sei und ob ich nicht lieber als Kind in der Tschechoslowakei geblieben wäre. Ich antwortete jedes Mal so ernsthaft und gewissenhaft, wie ich konnte, aber ich war nervös, und viele meiner Sätze ergaben keinen Sinn. Aber als sie mich fragte, warum ich eigentlich so viel und so hart über meine Familie schrieb, verschwand meine Anfängernervosität sofort. Ich richtete mich auf, ich strich mir über meine breite, bunte, wildgemusterte Krawatte, ich knöpfte langsam den mittleren Knopf meines riesigen, hellen, teuren Jacketts zu und sagte mit einem fast schon lächerlich eingebildeten Grinsen: »Weil ich keine Geheimnisse mag.«

Und genau das war dann der Moment gewesen, als ihm, Lev, plötzlich sein eigenes Geheimnis eingefallen war, das so geheim war, dass er selbst es in den letzten dreißig Jahren vergessen hatte. Kaum hatte ich gesagt, dass ich Familiengeheimnisse hasse und dann auch noch hinzugefügt, dass ich lieber von fremden Leuten angelogen werde als von den eigenen Eltern, kaum hatte die Vogelscheuche schadenfroh ihr deutsches Vogelscheuchen-Gesicht verzogen, kaum hatte das deutsche Talkshow-Publikum laut und irgendwie erleichtert applaudiert, fiel ihm alles wieder ein. Er hatte daraufhin sofort den Fernseher ausgemacht und bis heute zum Glück nicht mehr daran gedacht – aber jetzt, verflucht, fiel es ihm doch wieder ein, und egal, wie sehr er sich bemühte, es erneut zu vergessen, es funktionierte einfach nicht.

Ja, gut, okay, dann war es ihm eben damals rausgerutscht, irgendwann Ende der fünfziger Jahre, als er und Honza Kvapil eins von ihren endlosen Telefonaten geführt hatten – das konnte doch mal passieren, oder nicht? Sie hatten, wie so oft bis zur Aktion Bruder, nach der Arbeit ein bisschen miteinander geplaudert, so freundschaftlich und gut gelaunt, als trennten sie nicht zweitausend Kilometer und ein noch längerer Wall aus Stacheldraht und Angst, so als seien sie nicht vom Schicksal dazu verdammt, Feinde zu sein. Honza saß wie immer in seinem Büro im Innenministerium auf der Letná, an seinem Geheimapparat, er, Lev, war zu Hause in Westberlin in der Wundstraße, am Schreibtisch. Als Honza ihn irgendwann fragte, wie es ihm eigentlich finanziell im angeblich so goldenen Westen gehe, beschwerte sich Lev zuerst lange darüber, dass das deutsche Patentamt genauso langsam arbeitete wie das tschechoslowakische, weshalb er es noch immer nicht geschafft habe, seinen neuen Kunststoff an BASF oder Krupps zu verkaufen und seine erste West-Million zu machen. »In anderen Worten, Honza«, hatte er danach nur halb im Spaß gesagt, »es geht mir so scheiße wie jedem von euch in euerem goldenen sozialistischen Paradies!« Sie lachten, so wie immer, und dann, weil er in Fahrt war, fing er plötzlich an, auf seinen eigenen Vater zu schimpfen, keine Ahnung, wieso. Ja, genau, auf den Taten, der, wie er zu Honza wörtlich sagte, mit seinen russischen Dollar- und Schwarzmarktgeschäften fast so viel verdiene wie Rothschild mit seiner Bank und ihm trotzdem nicht aus seiner aktuellen kleinen Krise raushelfen wolle, und er schimpfte natürlich auch auf seine Brüder, die immer noch Geld von ihm wollten, obwohl er schon fast alle seine Schulden zurückgezahlt habe.

Ein paar Wochen darauf wurde der Tate überraschend in Moskau verhaftet, dann aber auch sofort wieder freigelassen, und als er 1960 noch einmal festgenommen und kurz danach hingerichtet wurde, hatte das, wie Honza ihm, Lev, bei einem anderen, viel späteren Telefongespräch versicherte, nichts mit der ersten Verhaftung zu tun. »Und überhaupt«, hatte der sonst so gemütliche, freundliche Honza zu ihm eiskalt ins Telefon gesagt, »hör sofort auf mich anzuschreien, du kleiner stinkender Jude! Du solltest mir lieber dankbar dafür sein, dass ich deinen Vater beim ersten Mal nicht nur davor bewahrt habe, sich weiter in seine dunklen Machenschaften zu verstricken, sondern dass ich ihn auch noch so schnell wieder aus der russischen Zelle rausgeholt habe.« Danach hatten sie nicht, so wie sonst, laut gelacht, sondern abrupt aufgelegt, und Lev hörte von Honza erst im Mai 1965 wieder, als der ihn vor seinem eigenen Bruder warnte. Das war ihr letztes Telefonat gewesen, und Lev erfuhr sehr viel später, dass der treue und nicht einmal besonders blutrünstige Genosse Honza Kvapil ausgerechnet am Tag vor dem Einmarsch der Russen an einem Herzinfarkt starb, weil er seit Monaten den antikommunistischen Putsch, den Dubčeks Leute angeblich planten, so fürchtete.

Also gut, dachte Lev, ein letzter Versuch. Er stützte sich mit beiden Händen am Küchentisch ab, und jetzt ging es sogar. Er machte vorsichtig ein paar Schritte, zuerst in Richtung Flur, dann bis zur Wohnungstür, wo sein Mantel hing, und als er an seiner russischen Glücksliege vorbeikam, die dort immer noch stand, mit der zerknitterten dünnen, grünen Armeedecke am Fußende, überlegte er kurz, ob er sich wieder hinlegen sollte, aber er ließ es sein. Er zog langsam den Mantel an und den Hut, er vergaß auch nicht, den Regenschirm mitzunehmen, und als er die Wohnungstür aufmachte, spürte er sofort einen eiskalten, feuchten Windhauch, der ihm in die Kleider fuhr, aber er ging trotzdem weiter, raus, in den Hausflur – und dabei dachte er, egal, ich habe schon Schlimmeres überlebt.

Fünf Stunden später – draußen war es immer noch so dunkel wie am Morgen – kam Lev wieder nach Hause. Er war müde und aufgeregt und er fror immer noch, und während er langsam die Tür hinter sich schloss, merkte er, dass der Regenschirm weg war. Er zuckte mit den Schultern, und ohne den Mantel oder die Schuhe auszuziehen, ging er direkt ins Schlafzimmer. Er schob sich mit einer fahrigen, ungenauen Bewegung den Hut vom Kopf, der lautlos auf den Boden fiel und unter einen der gelben Sessel rollte, er legte sich, so wie er war, aufs Bett, er zog wie ein kleines Kind beide Knie an den Bauch, er presste fröstelnd die Hände zwischen die Knie, und dann dachte er daran, dass früher, in Kunzewo und am Puschkin-Platz, immer er es gewesen war, der dem Taten helfen musste – und dass er nie wusste, ob das eine Strafe oder eine Auszeichnung war. Er war es, der den Heizkessel reparieren musste, wenn die Leitungen mal wieder so laut knackten wie Flugzeugmotoren, er musste im Sommer den Rasen mähen und im Winter den Schnee von der Straße schippen, er musste den Taten bei seinen Geschäften durch halb Russland begleiten, er musste ihn immer zum Arzt fahren. Und er musste ihm helfen, seinen verfluchten Geheimtresor in der Datscha hinter dem großen, blauen, amerikanischen Kühlschrank einzubauen!

Wie gut, dachte Lev plötzlich, haben es die anderen schon immer gehabt, und wie gut haben sie es jetzt. Wie gut hat es Dima, der seit heute in Zürich unter der Erde liegt, wie gut hat es Wladimir, den sie im schönen, sonnigen Brasilien begraben haben, wie gut hat es der selbstbewusste, grobe Sjoma, der bestimmt noch gar nicht weiß, dass auch er eines Tages gehen muss. Und dann, bevor er einschlief, betete Lev, der gar nicht so genau wusste, wie das überhaupt ging, das erste Mal in seinem ganzen, traurigen, sinnlosen, jüdischen Leben.

6.
Eine reine Familiensache

Der Roman, den meine Schwester auf Englisch über den gewaltsamen Tod unseres Großvaters und unsere ganze Familie geschrieben hatte, erschien im Herbst 2016 gleichzeitig in England, in Italien, in Frankreich und in Deutschland. Besonders die Franzosen mochten ihr Buch. In Le Monde und im Figaro stand, eine solche Geschichte hätte man seit Artur Londons Erinnerungen an die Slánský-Prozesse nicht mehr gelesen, und in Les Inrockuptibles wurde es sogar mit dem *Scherz* von Milan Kundera verglichen. Die italienischen Kritiker und auch die Engländer fanden es interessant, wie sie es schaffte, die Wahrheit über ihre nächsten Verwandten zu schreiben, ohne jemandem einen Vorwurf zu machen, also ohne so zu tun, als hätte sie, wäre sie damals selbst an der Stelle ihres Vaters, ihrer Mutter, ihrer beiden Onkel oder ihrer Tante gewesen, anders gehandelt. Nur in Deutschland wurde über das Buch meiner Schwester kaum geschrieben und gesprochen. Darum sagte sie sofort Ja, als sie von einer freundlichen, aber merkwürdig gehemmten NDR-Redakteurin angerufen und eingeladen wurde, von London nach Hamburg zu kommen, um mit ihr im Studio in der Rothenbaumchaussee eine ganze Stunde lang live über das Buch zu reden.

Im Flugzeug nach Hamburg überlegte Jelena lange hin und her, ob sie vorher zu meinen Eltern in die Bieberstraße fahren sollte, damit sie in ihrem alten Kinderzimmer, das jetzt das Arbeitszimmer meiner Mutter war, ihre Tasche abstellen und ihnen auch gleich ihre Geschenke geben konnte. Jelena liebte es, bei Besuchen Geschenke mitzubringen. Für meinen Vater hatte sie bei Fortnum & Mason einen teuren, hellgrauen Kaschmirpullover gekauft, für meine Mutter den größten Flacon Chanel No. 5, den es dort gab, und obwohl sie sich auf meine Eltern seit Tagen freute, hatte sie Angst, dass sie, egal was die Kritiker sagten, wegen ihres Buchs auf sie sauer waren, vor allem mein Vater. Deshalb beschloss sie, während die laute, altersschwache Easyjet-Maschine langsam in Richtung Terminal rollte, zuerst lieber zum Radio zu fahren. In die Bieberstraße waren es von der Rothenbaumchaussee dann nur noch zehn Minuten zu Fuß, den Weg kannte sie von früher, von ihren nicht besonders erfolgreichen Klavierstunden am Alsterkamp bei Frau Genrichsen, einer alten russischen Zwanziger-Jahre-Emigrantin, die es auch während des Kriegs geschafft hatte, in Deutschland zu bleiben.

Obwohl es Mitte November war – in London hatte es schon seit Wochen ohne Pause geregnet –, schien in Hamburg die Sonne. Sie war grell, fast weiß und ganz anders als die warme, ockergelbe Sonne ihrer tschechischen Kindheit, an die meine Schwester früher, als sie noch mit meinen Eltern und mir in Hamburg gelebt hatte, sehr oft dachte. Diese Hamburger Sonne war auch anders als die brutale, herrliche, unverwüstliche Sonne ihrer israelischen Studienjahre, anders als die weiche und tiefe Sonne, die ihr damals, in Upstate New York, wo sie ein paar Jahre mit ihrem kanadischen Mann und ihren drei Kindern verbracht hatte, vor allem im Spätsommer so viel Freude machte, anders als die fahle englische Sonne.

Jetzt, während sie aus dem Flugzeugfenster schaute, musste Jelena aber vor allem wieder an die Prager Sonne denken und an die nicht endenden tschechischen Sommer, die oft schon im Mai oder spätestens im Juni begannen und erst am 1. September aufhörten, wenn die Schule anfing. Sie machte die Augen zu und lächelte fast unsichtbar und selbstvergessen – und plötzlich war sie wieder dreizehn. Sie und ich und meine Eltern saßen an einem der letzten und besonders heißen Augusttage im großen Biergarten im Riegerpark, wo wir eigentlich nie hingingen, und obwohl die Blaskapelle vorne auf der Bühne mit ihren schönen, großen, golden schimmernden Instrumenten schrecklichen Krach machte, verstand sie fast jedes Wort des geflüsterten Streits zwischen meinen Eltern.

Es ging, wie so oft, um eine Einladung oder um eine Filmpremiere, zu der mein Vater unbedingt mit meiner Mutter gehen wollte. Mama wollte natürlich zu Hause bleiben. Sie wollte immer lieber zu Hause bleiben, denn sie war immer nur müde, von der Arbeit, von uns, vom Kochen und von ihren ständigen Kopfschmerzen, und als sie genau das leise zu ihm sagte, flüsterte er: »Na gut, dann gehe ich eben auch nicht.« Worauf sie noch leiser zurückzischte: »Das sagst du jetzt – aber am Ende gehst du trotzdem und redest den ganzen Abend mit Natalia, die dann bestimmt auch da ist. Immer ist sie da! Bei jeder Party steht sie herum und wartet darauf, dass einer von euch geilen Widerlingen sie mitnimmt! Der arme Dima …« »Hör auf«, sagte mein Vater. »Hör du doch auf«, sagte sie. »Glaubst du, ich weiß nichts von euch?« »Ja«, sagte er wieder etwas lauter, obwohl das gar nicht nötig war, weil die Musik gerade aufgehört hatte, »natürlich weißt du von uns. Du weißt alles von uns, weil ich es dir erzählt habe. Ich habe dir erzählt, dass ich sie in Leningrad mit unserem Marxismus-Leninismus-Professor erwischt habe, ich habe dir erzählt, dass sie danach wochenlang heulend vor der Tür meines Zimmers im Studentenwohnheim gesessen hat, aber dass ich sie trotzdem nicht mehr wollte, ich habe dir erzählt, dass sie mich aus Wut bei der Partei denunziert hat und später wahrscheinlich auch den Taten. Und ich habe dir erzählt, dass sie sogar noch letztes Jahr im Slavia zu mir gesagt hat, ich soll dich und die Kinder verlassen und mit ihr nach Los Angeles gehen. Und? Was habe ich gemacht?« Meine Mutter sagte nichts und guckte an ihm vorbei zur Bühne, wo die Musiker gerade aufgestanden waren und sich zum leisen, zerstreuten Applaus der Leute auf den Bierbänken nachlässig verbeugten. Ihre alten, roten Gesichter wurden von der untergehenden Abendsonne zart beleuchtet, während ihre Arme und Oberkörper und Instrumente bereits im blauen Schatten der Dämmerung verschwanden. Meine Mutter sah nun wieder, so fröhlich-traurig, wie nur sie es konnte, meinen Vater an und sagte: »Liebst du mich?« Und er sagte: »Mehr als du mich, aber das wirst du nie verstehen, mein Liebling.« In diesem Augenblick merkten sie – viel zu spät –, dass Jelena und auch ich ihnen die ganze Zeit zugehört hatten, und mein Vater gab mir einen viel zu harten Klaps auf den Kopf und sagte zu Jelena: »Man lauscht nicht, wenn Erwachsene sich unterhalten.«

Wieso, dachte Jelena jetzt, während das Flugzeug immer langsamer wurde, fällt mir diese Szene erst heute ein, das erste Mal seit ungefähr hundert Jahren? Und wieso habe ich mich nicht schon beim Schreiben daran erinnert? Aber dann blieb die Maschine mit einem kleinen, heftigen Ruck stehen, Jelena öffnete die Augen, und weil alle Passagiere gleichzeitig aufsprangen, sprang sie auch auf und vergaß, was sie gerade gedacht hatte.

Der Taxifahrer, der Jelena in die Stadt brachte, hatte einen israelischen Akzent. Sie betrachtete eine Weile von hinten seine kurzen, schwarzen Haare, die unten ganz hell und ausrasiert waren, und überlegte, ob sie mit ihm reden sollte, weil sie wie mein Vater eigentlich mit fast jedem Taxi- und Uber-Fahrer redete. Aber dann ließ sie es sein, denn sie wollte sich lieber auf das Interview konzentrieren.

Sie wusste immer noch nicht genau, was sie sagen sollte – vor allem, wenn die schüchterne deutsche Radio-Moderatorin sie fragen würde, wer denn nun wirklich schuld am Tod des Taten – unseres Großvaters – war. Sollte sie gar nichts sagen? Sollte sie ihr antworten, dass sie einen autobiografischen Roman und keinen journalistischen Tatsachenbericht geschrieben hatte? Sollte sie ihr erklären, dass es sie als Deutsche überhaupt nichts anging? Ja, vielleicht, vielleicht wäre das am besten. Sie könnte aber natürlich auch sagen, dass es ihr darum gar nicht gegangen war. Sie könnte sagen – obwohl meine Eltern in diesem Moment bestimmt in der Bieberstraße im Arbeitszimmer meines Vaters sitzen und sich auf seiner alten Braun-Anlage ihr Radio-Interview anhören würden –, dass sie eigentlich nur herausfinden wollte, was der unnatürliche Tod des Großvaters mit ihr selbst und überhaupt mit uns allen zu tun hatte; und dass es ihr, zwei Jahre und dreihundert Seiten später, noch immer nicht klar war; und dass sie jetzt noch mehr Fragen hatte als vorher; und dass sie schon gar nicht verstand, warum mein Vater bis heute Natalia beschuldigte, den Taten verraten zu haben, obwohl er wusste, dass sie es gar nicht gewesen sein konnte. Aber wenn sie das alles, dachte Jelena jetzt mit einem erstaunten, fast ein bisschen gerührten Blick auf die im Taxifenster vorbeiziehenden hohen, gepflegten, in hellen Pastellfarben strahlenden Hamburger

Bürgerhäuser, wirklich im Radio sagen würde, sodass es nicht nur meine erschrockenen Eltern hören würden, sondern auch noch zehntausend andere, fremde Menschen, dann könnte sie nach dem Interview auch gleich wieder zum Flughafen fahren und nach London zurückfliegen. Dann wäre es erst mal vorbei mit den regelmäßigen Besuchen in der Bieberstraße – und in der Mánesova –, die ihr so wichtig waren. Und darum würde sie lieber gar nichts sagen und falsch lächelnd auf die nächste Frage warten, und das würde bestimmt funktionieren, denn bestimmt würde sich die Deutsche nicht trauen, weiter in der Sache herumzubohren.

»Sie sind nicht von hier, oder?«, sagte der Taxifahrer rau und laut und sah meine Schwester im Rückspiegel an. »Ihr Deutsch ist komisch.« Er hatte kleine, braune, matte Augen, und sie musste nicht lange überlegen, bis ihr einfiel, warum sie ihr so bekannt vorkamen: sie hatte in solche Augen damals in Israel ständig geguckt und fast nie etwas Interessantes in ihnen entdeckt und sich deshalb wahrscheinlich eines Tages in der Tel Aviver Cinematheque in ihren blonden, grünäugigen Kanadier verliebt.

»Nein, ich bin nicht von hier«, sagte sie leise und nicht besonders freundlich, und gleichzeitig zog sie ihr Telefon aus der Handtasche raus. Sie machte, wie immer, wenn sie sich ablenken oder wenn sie nicht gestört werden wollte, die Bilder-Galerie auf und begann, zum tausendsten Mal dieselben Fotos anzuschauen. Es waren die Fotos ihrer Kinder, die jetzt schon alle erwachsen waren – ihr ältester Sohn lebte in Rehovot in Israel und entwickelte am Weizmann-Institut Roboter oder etwas in der Art, der zweite Sohn vergeudete seine Zeit als DJ in New York, und nur ihre Tochter, eine junge Richterin, war in London geblieben, aber sie sah sie fast nie, weil sie und ihr Mann mit ihrem englischen Freund nichts anfangen konnten.

Während Jelena die ihr so vertrauten, so fremden Gesichter ihrer Kinder betrachtete, beschloss sie, so bald wie möglich nach Rehovot und nach New York zu fahren, um ihre Söhne zu besuchen. Ihre Tochter, dachte sie, sollte auch bald wieder nach Hause zum Schabbat kommen, mit ihrem Goj oder ohne ihn, das war ihre Sache, und gerade als Jelena überlegen wollte, was sie an diesem Abend kochen würde, kamen die Fotos von meinen Eltern, die sie das letzte oder vorletzte Mal in Hamburg von ihnen gemacht hatte. Auf einem saß mein Vater, tief und fast schon greisenhaft in sich versunken, auf einer Bank am Hallerplatz und stützte sich mit beiden Händen am Stock ab, und alles Traurige und Herrische war aus seinem großen, zerfurchten Gesicht verschwunden. Meine Mutter stand hinter ihm und sah ihn von der Seite lächelnd, aber auch vorsichtig an, so als hätte sie Angst, dass er plötzlich den Stock wegwerfen und aufspringen und sie wie früher wegen irgendeiner Nichtigkeit anschreien könnte. Sie sah wie immer mindestens fünfundzwanzig Jahre jünger aus, also überhaupt nicht wie Anfang achtzig, und das lag nicht nur an ihren jugendlich glänzenden Augen und den vollen, klaren Lippen, sondern auch an der engen, halb aufgeknöpften Jeansjacke, an der riesigen roten Ballonmütze, die sie trug, und an den frisch gefärbten, rotbraunen Haaren, die fast schon zu kokett unter der Mütze hervorschauten.

Hoffentlich stirbt sie nicht vor ihm, dachte meine Schwester, denn das dachte sie immer, wenn sie dieses Bild sah. Sie wischte es schnell weg und nahm sich vor, es endlich zu löschen, aber sie vergaß den Gedanken gleich wieder, weil nun sehr viele Fotos von ihrem Hund folgten, einem großen, fast weißen, immer ein wenig langweiligen Labrador. Sie flüsterte leise auf Englisch »Archie, my boy, my sweet boy«, sie fragte sich, ob sie den Hund manchmal mehr vermisste als ihren Mann und ihre Kinder, und dann waren da plötzlich die Fotos, die sie für ihr Buch im Internet gefunden oder aus den Alben meiner Mutter abfotografiert hatte.

Besonders lange betrachtete sie das Bild von meinem Vater, meinem Großvater und Natalia. Es stammte ziemlich sicher aus den fünfziger Jahren, aus Moskau. Die drei saßen vor einem hohen, vollgestellten Bücherregal an einem viel zu kleinen, aber feierlich gedeckten Tisch und aßen und redeten. Mein Vater, jung, schön, volles schwarzes Haar, hatte in dem Moment, als der Fotograf abgedrückt hatte, die Augen geschlossen und den Kopf zur Seite gerissen, und das sah so aus, als wollte er gar nicht dort sein. Fotos lügen, dachte meine Schwester, und dann dachte sie, aber vielleicht lügen Fotos gerade nicht, und nun musterte sie, als wäre es das erste Mal, neugierig die Fotos von Lev, Wladimir und Dima. Die meisten Bilder waren schwarz-weiß, manche aber in einem feinen, alten Sepiabraun, und obwohl sich die drei Brüder mit ihren dichten Haaren, dichten Augenbrauen und kräftigen Lippen und Unterkiefern sehr ähnelten, konnte man natürlich trotzdem sehen, dass der erste berechnend, der zweite jähzornig – noch jähzorniger als mein Vater? – und der dritte nicht besonders klug war. Oder waren sie vielleicht alle ganz anders gewesen, dachte sie plötzlich, anders als auf diesen Fotos, anders als in den Geschichten, die wir über sie gehört hatten?

Als Lew, der so lange mit niemandem von uns etwas zu tun haben wollte, ein Vierteljahrhundert nach Dimas Beerdigung aus dem Nichts heraus meinen Vater anrief, wollte er sich von ihm sofort Geld leihen. Genauso hatte es uns zum Beispiel meine Mutter erzählt, und sie hatte uns auch erzählt, dass mein Vater es ihm, glücklich, von ihm endlich wieder zu hören, natürlich gegeben hatte, fast 30 000 Euro. »Lev«, sagte sie jedes Mal, wenn sie sich an diese Geschichte erinnerte, »hat es ihm dann zwar zurückgegeben. Aber kurz vor seinem Tod wollte er euren Vater nicht sehen, er hat ihm nicht einmal gesagt, dass er bald sterben würde, und er hat alles, was er besaß, seiner Schweizer Putzfrau hinterlassen. Euer Großvater hatte recht. Er hat schon immer gesagt, dass Lev nicht so wurde, wie er werden sollte.«

Ob das wirklich stimmte? Und wenn es stimmte, hätte sie diese Geschichte wirklich in ihrem Buch erzählen dürfen? Für einen Augenblick wurde Jelena schlecht vor Angst, die Übelkeit stieg vom Bauch in ihren Hals und sogar in ihren Mund auf, sie dachte: Wie schrecklich, wie kompliziert! und: Das wird Mama und vor allem Papa gar nicht gefallen. Aber im nächsten Moment fiel ihr ein, dass sie das Kapitel mit Levs plötzlichem Auftauchen in der Druckfahne zum Glück doch noch gestrichen hatte, weil sie schon damals fand, dass das wirklich niemanden etwas anging, und sie beruhigte sich wieder, und der schlechte, säuerliche Geschmack zog sich wieder zurück in ihren Magen.

Sie steckte das Telefon weg, zog es aber sofort wieder aus ihrer Tasche und betrachtete kurz und unzufrieden ihre neuen offiziellen Autorenfotos, auf denen sie leider überhaupt nicht mehr so aussah wie früher, als alle sagten, sie sähe wie eine unmelancholische und sehr intelligente Version von Ali MacGraw aus oder so ähnlich. Dann schaltete sie auf Flugmodus um, schob das Telefon endgültig zurück in die Tasche und schaute aus dem dunkel getönten Fenster des Taxis. Sie fuhren inzwischen über den Eppendorfer Baum zum Klosterstern. Rechts lag das alte Onkel Pö, das jetzt ein italienisches Restaurant war, dann kamen die Brücke über den Isebekkanal und der Kanal mit seinen tief ins Wasser wachsenden Weiden, oder was auch immer das für Bäume waren. Dann kam die Hochbahnstation, dann die U-Bahn, und dann sagte der Taxifahrer mit einem aufdringlichen, sentimentalen Blick in den Rückspiegel: »Ich bin auch nicht von hier. Ich wohne schon dreiundzwanzig Jahre in Hamburg, und ich würde so gern nach Hause zurückgehen!« Er drehte sich während der Fahrt, bei siebzig oder achtzig Kilometern in der Stunde, erwartungsvoll zu ihr um. Aber sie sagte noch immer nichts, und darum sagte er: »Aber wenn man erst einmal weggegangen ist, weiß man nicht mehr, wohin man gehen soll. Nachon, metuka?«

Er lächelte frech, und sie guckte ihn mit dieser völlig versteinerten, ausdruckslosen Jelena-Miene an, mit der sie mich früher in Prag und in Hamburg zehnmal am Tag verrückt gemacht hatte, meist, wenn ich sie etwas wegen der Schule gefragt oder wenn ich sie angefleht habe, meine Bücher und Zeitschriften beim Lesen nicht so zu zerknittern. Nach ein paar Sekunden zuckte der schreckliche, aufdringliche Israeli mit den Schultern, er sah wieder nach vorn und sagte bis zum Ende der Fahrt kein Wort mehr.

Als meine Schwester nach dem Interview aus dem alten, nach Bohnerwachs und Zigarettenrauch riechenden NDR-Gebäude herauskam, das sie noch aus der Verfilmung einer in Deutschland bestimmt schon lange vergessenen Heinrich-Böll-Geschichte kannte, war die weiße, klare Hamburger Sonne verschwunden. Der Himmel war nicht mehr glasklar und blau, er hatte plötzlich Hunderte von verschiedenen Grautönen angenommen, ein wenig Weiß war aber auch noch dabei, und die Wolken flogen dahin und sahen so aus, als hätte sie dort oben jemand in der letzten Stunde schnell mit einem riesigen Pinsel verteilt. Es regnete nicht, und vielleicht würde es gar nicht regnen, das wusste man in Hamburg nie so genau, und darum beschloss Jelena, zu Fuß zu meinen Eltern zu gehen.

Sie kannte den Weg, den sie früher von Frau Genrichsen nach Hause gegangen war, immer noch auswendig: Rothenbaumchaussee hoch, vorbei an dem Buchladen in dem kleinen Fünfziger-Jahre-Pavillon, vorbei an den Tennisplätzen, an der U-Bahn-Haltestelle und am Fußballstadion, beim Turmweg an der Ampel die Rothenbaumchaussee überqueren, danach in die Hartungstraße rein, links in die Schlüterstraße, rechts in die Bieberstraße, und da war es dann schon, das zweite Haus auf der rechten Seite, dieses sehr große, helle, aber auch leicht vernachlässigte, majestätische Gründerzeithaus mit dem Balkon meiner Eltern gleich im ersten Stock, in der Beletage, auf den man seit Jahren wegen der vielen Pflanzen, Vasen und verwitterten Flohmarkt- und Trödelstatuen meiner Mutter kaum noch hinaustreten konnte.

Während Jelena jetzt langsam in Richtung Hallerstraße ging, musste sie daran denken, wie die alte Frau Genrichsen – eine große, hagere, ernste Frau mit sehr langen, sehr schwarzen Haaren, die immer bodenlange grüne oder rote Kleider und nie Schmuck trug – ihr einmal, statt mit ihr die ewigen Tonleitern und Czerny-Etüden zu üben, fast eine ganze Stunde lang nur von sich selbst erzählt hatte. Sie war 1921 oder 1922 mit ihrem Mann, einem General der Weißen, aus Russland über die Türkei und Paris nach Berlin geflohen. Später zogen sie nach Hamburg, wo ihr Mann unter neuem Namen beim Baltischen Hauptkontor, einer sowjetischen Schifffahrtsgesellschaft, Arbeit bekam, aber schon ein Jahr später starb. Seitdem musste sie, die inzwischen weit über siebzig war, also als Klavierlehrerin arbeiten. Sie mochte die meisten ihrer Schüler nicht wirklich, weil sie, wie meine Schwester, nur wegen ihrer Eltern zum Klavierunterricht gingen. Aber besonders unangenehm waren ihr die Schüler gewesen, die sie in den dreißiger und vierziger Jahren gehabt hatte. »Sie waren fast alle kleine Nationalsozialisten«, sagte sie zu Jelena auf Russisch, »ich bin sicher! Sie waren entweder so fleißig und perfekt wie kleine Maschinchen. Oder sie waren fürchterlich faul, und statt zu üben, erzählten sie mir, so als wollten sie mich einschüchtern, von den polnischen und russischen Heldentaten ihrer Väter. Ein kleines böses Mädchen hat mich sogar einmal gefragt, ob ich wirklich glaubte, dass ich am Ende des Kriegs noch in Hamburg leben würde, also ob ich dann überhaupt noch leben würde! Kannst du dir das vorstellen?« Frau Genrichsen schüttelte den Kopf, sie fasste sich mit beiden Händen in ihre langen Haare, die sie auch schüttelte, eine kleine, heftige Parfumwolke stieg auf, und jetzt gab es in dem wie immer völlig überheizten Klavierzimmer überhaupt keine Luft mehr zum Atmen. Dann sagte Frau Genrichsen: »Ich weiß wirklich nicht, Lenotschka, was deine Eltern ausgerechnet in Deutschland suchen. Geh wenigstens du weg, solange du Zeit hast. Und sag deinen Eltern, dass das Klavierspielen nichts für dich ist. Sie können sich das Geld sparen.«

Jetzt fing es doch noch an, leicht zu regnen, und der Wind wurde auch stärker. Jelena machte ihren Mantel zu, und weil sie keinen Schirm hatte, ging sie immer schneller. Sie ging so schnell, dass sie zum Glück kaum Zeit hatte, darüber nachzudenken, wie sehr – und wie unangenehm – sich die Gegend ihrer Jugend verändert hatte. Der Pavillon mit dem Buchladen stand zwar noch, aber die alten Tennisplätze waren weg, und die neuen sahen so aus wie bei der Landung zerbrochene UFOs. Den Fußballplatz hatte man auch abgerissen, an seiner Stelle stand ein riesiges, langes, totes, modernes Gebäude, in dem unten lauter Friseurgeschäfte und Bäckereien waren, und dahinter kam eine Art moderne, hässliche Reihenhaussiedlung mit dunklen, endlosen, völlig menschenleeren Gassen.

In Prag, in Vinohrady, dachte Jelena, während sie beim Turmweg an der Ampel in dem immer stärker fallenden Regen und dem aus allen Richtungen gleichzeitig wehenden Wind stand, hatte sich in den letzten Jahrzehnten sehr viel weniger verändert. Alles war noch da, die Häuser, die Bäume, der Riegerpark, und dass das sozialistische Terrorgrau aus den Straßen und Geschäften verschwunden war und von frischen, manchmal vielleicht etwas zu bunten und zu dick aufgetragenen Farben ersetzt wurde – sogar der Park war jetzt nicht mehr so staubig und ungepflegt wie früher –, erleichterte die Erinnerung an die Kindheit, statt sie zu beschweren. Darum war sie ja auch so aufgeregt gewesen, als meine Eltern Ende der neunziger Jahre in Prag eine Wohnung gekauft hatten, in der Mánesova, nur ein paar Straßen von unserer alten Wohnung in der Laubova entfernt. Natürlich hatte sie sich gefragt, wie meine Eltern es in ihrem Alter noch schaffen wollten, in zwei Städten gleichzeitig zu leben, aber dann dachte sie, dass sie das ohnehin taten, im Kopf, in der Seele, und dass es so vielleicht viel einfacher für sie war. Als die beiden kurz danach auch noch anfingen, von morgens bis spätnachts – in Hamburg und in Prag – russisches Fernsehen zu gucken, wusste sie, dass sie endgültig in der sie beschützenden Vergangenheit angekommen waren.

Ja, Jelena war wirklich froh gewesen, dass es jetzt auch die Mánesova gab, für Mama, Papa, aber auch für sie selbst. Wann immer sie meine Eltern in Prag besuchte – also fast so oft wie in Hamburg –, spazierte sie gleich am ersten oder zweiten Tag die sieben, acht Blocks hinauf zum Platz von Jiří aus Poděbrad, von dem die Laubova abging. In der Laubova stellte sie sich dann vor unser altes Haus und guckte lange zu den Fenstern unseres früheren Kinderzimmers hinauf, in denen jetzt dicke, dunkelblaue Gardinen hingen, die fast immer geschlossen waren. Einmal hatte sie sogar auf die Klingel unserer alten Wohnung gedrückt, aber keiner hatte ihr aufgemacht. Dann klingelte sie noch mal, wieder ohne Erfolg, und als sie schließlich langsam wegging, erinnerte sie sich daran, wie sie und ich an dem Tag von der Schule nach Hause kamen, als Onkel Dima aus dem Gefängnis entlassen wurde. Damals hatten wir auch geklingelt, auch mehrere Male, obwohl Jelena schon lange einen eigenen Schlüssel hatte. Mein Vater hatte am Morgen zu uns gesagt, er wolle nicht, dass wir plötzlich in der Wohnung stehen und Dima erschrecken, und darum standen wir an diesem Nachmittag minutenlang unten und klingelten und warteten ungeduldig, dass jemand herunterkam und uns aufmachte. Aber keiner kam, und irgendwann hatte Jelena für uns doch noch selbst die schwere, dunkle Tür aufgeschlossen. Und während sie und ich langsam, fast trödelnd die Treppe hinaufgingen, blieb ich plötzlich stehen und sagte zu ihr: »Ich will nicht nach Hause, Jelenka. Ich hab Angst.« Sie blieb auch stehen und sagte: »Wovor hast du denn Angst, du kleiner Idiot?« »Vor Onkel Dima«, sagte ich, »er hat den Großvater umgebracht, und bestimmt bringt er heute uns alle um.« Danach fing ich an zu weinen.

Als meine Schwester jetzt – genau einundfünfzig Jahre später – in Hamburg von der Schlüterstraße in die Bieberstraße einbog, sah sie schon von Weitem, dass meine Mutter trotz des Regens und des Windes auf ihrem vollgestellten, mit Blumen und Pflanzen zugewachsenen, dunkelgrünen Balkon stand und suchend und böse in ihre Richtung schaute. Jelena erschrak, der schlechte Geschmack wanderte sofort wieder von ihrem Magen in ihre Kehle, doch sie blieb trotzdem nicht stehen. Mama hatte ihre Jeansjacke an und darunter einen sehr schönen beigefarbenen Rollkragenpullover. Sie war offenbar am Vormittag beim Friseur gewesen, denn ihre Haare saßen perfekt und hatten ein frisches, volles Rotbraun, und als sie meine Schwester endlich unten auf der Straße entdeckte, winkte sie ihr fröhlich zu – und lächelte dabei. Meine Schwester atmete tief ein und aus, erleichtert, aber auch nicht glücklich. Dann tauchte mein Vater hinter meiner Mutter auf. Er schob sich langsam und vorsichtig neben sie, er hob die Hand, in der sein Stock war, und deutete mit dem Stock drohend und zugleich herzlich in ihre Richtung. Und jetzt erst winkte Jelena zurück, und sie begann, im Gehen in ihrer Handtasche ihre Hamburger Schlüssel zu suchen.

»Wer, glauben Sie, ist denn nun wirklich schuld am Tod Ihres Großvaters?«, hatte die freundliche NDR-Redakteurin meine Schwester am Ende des Interviews natürlich doch noch gefragt. Sie sagte es leise und schüchtern, aber trotzdem hatten diese Worte ihren dünnen, neugierigen und, wie Jelena fand, leider auch ziemlich deutschen Mund verlassen.

Ich saß, während ich mir im Radio das Gespräch anhörte, zu Hause in Berlin in meinem Arbeitszimmer und spielte nervös mit der kleinen tschechischen Spielzeugfigur, die seit Jahren neben meinem Computer stand. Es war Spejbl, der Vater von Hurvínek, den ich bei unserer Flucht von Prag nach Hamburg mitgenommen hatte. Hurvínek hatte ich natürlich auch mitgenommen, aber irgendwann, wahrscheinlich beim Umzug von München nach Berlin, hatte ich ihn leider verloren. Wann immer ich beim Schreiben schlechte Laune kriegte, musste ich nur kurz in Spejbls rundes tschechisches Gesicht mit den riesigen schwarzen Augen und noch größeren Segelohren schauen, und schon ging es mir besser.

Meine Schwester sagte lange nichts, die Moderatorin schluckte laut und unsicher, und schließlich sagte Jelena: »Das geht niemanden etwas an. Das verstehen Sie doch, oder?«

»Nein, das verstehe ich eigentlich nicht«, sagte die Moderatorin höflich und plötzlich sehr streng, und dann erzählte ihr Jelena, wie es wirklich gewesen war.